席爾菲
曾以「動盪的勇者」外號知名的戰士。擁有高度的戰鬥能力，內在卻還很幼稚。
【WEAPON】▼迪米斯・阿爾奇斯
世界三大聖劍之一。又稱「殲滅的寶器」，揮出一劍就會對四周釋放「魔素」，對所有生命都將形成劇毒。
The Greatest Maou Is Reborned To Get Friends
史上最強大魔王轉生為村民A
2 動盪的勇者

「還請務必接受我們的款待！」
吉妮
信奉亞德的魅魔族少女。提議在校慶園遊會開設性感女僕咖啡館，將全班女生總動員，試圖勾引亞德？

伊莉娜
充滿正義感的精靈族少女（有點不服輸）。身為老大姊，和亞德一起照顧轉學來的席爾菲。
「怎、怎麼樣？好看嗎？」
「我也出一份力吧！」

……你竟敢
傷害席爾菲。
剎那間，黃金色的劍身
發出閃耀的洪流。
亞德
前最強的「魔王」。以平凡村
民的身分在校慶裡玩得開心，
結果有人跑出來礙事……？

史上最強大魔王轉生為村民A

The Greatest Maou Is Reborned To Get Friends

2
動盪的勇者

下等妙人
Illustration ＝水野早桜

Kadokawa Fantastic Novels

CONTENTS

The Greatest Maou Is Reborned To Get Friends
Presented by Myojin Katou
and Sao Mizuno

第二十二話　前「魔王」，和麻煩的傢伙又重逢了

拉維爾魔導帝國最南端。

這個被稱為最終邊境的地方，有著好幾處祕境。

這些祕境多半都已經為大眾所知，被當成了一種觀光景點……但有一處例外。

幻影之森——任何人膽敢接近，都會被森林吞沒，人人聞之喪膽，是祕境中的祕境。

森林的中心存在著巨大的遺跡型迷宮，隨時等著冒險者送上門去。

但這座迷宮，已經數千年並未完成自己的使命。

所有人都已經遺忘了這座存在於幻影之森裡頭的迷宮。

因此——

「呼～果然外面的空氣才新鮮！」

從這遭到遺忘的祕境迷宮裡走出來的一名少女，實實在在可說是個非常神祕的人物。

種族是人族，年紀約十五。但由於一張娃娃臉與體型，被人再往下估個三歲也不奇怪。

好勝的面容悠然地述說著她的剽悍……實際上，少女的個性，就連「他」都大感頭痛。

「唉，好想趕快去村子裡，泡個熱水澡啊。在裡頭實在窩得太久了。」

她抓起自己的一頭紅色長髮看了看，然後看看自己全身上下。

不只是頭髮，穿戴的深紅色皮甲也有著明顯的髒汙。

「窩在裡面整整『三年』，實在還是太過火了吧？不過，這樣一來——」

她說到這裡先頓了頓，倔強的臉上透出滿滿的自信。

她的右手掌舉向天。

「迪米斯．阿爾奇斯！」

她呼喊的同時，四周的空間也與之呼應似的鳴動……

一會兒後，雷鳴般的聲響與閃光中，一柄大劍顯現在她手中。

「這玩意兒我可也掌握得純熟多了！」

少女以陶醉的眼神看著的這把劍，並非尋常刀劍。

黃金色的巨大劍刃，發出了懾人的厲氣。

劍名迪米斯．阿爾奇斯。

是世界三大聖劍之中的一把。

少女以從她嬌小的身軀難以想像的力氣，舉重若輕地將這把又大又重的大劍一揮，扛到肩上。

「這樣一來！連他也打得贏了！沒錯——那個被稱為『魔王』以後就開始得寸進尺的瓦爾瓦德斯那個笨蛋！也可以給他好看！」

少女的臉上充滿了歡喜、興奮，以及期待感，只是——

「而且，這樣一來，就再也不用有人犧牲了。因為有我保護大家。」

她表情扭曲。然而這種悲壯感，立刻就被她與生俱來的開朗與積極給蓋過。

同時少女的肚子發出盛大的「咕嚕～～」聲。

「肚子都要餓扁了！我要加快腳步啦！」

少女活力充沛地這麼一喊，就以全速飛奔。

途中這個人稱幻影之森的祕境對她露出了獠牙，但這只是白費力氣。

「嗚啦啊啊啊啊啊啊啊啊啊啊！」

魔物湧來，整座森林也放出無數幻影。而她對這一切，全都正面硬碰硬，壓倒對方前進，實實在在是腦袋只長肌肉的笨蛋。

少女掃倒並破壞從古代就存留至今的寶貴森林，一路往前進。

她名叫席爾菲・美爾海芬。

另外還有個外號——叫做動盪的勇者。

是過往的「勇者」莉迪亞所率領的軍隊中，擔任主軸的戰士之一。

這樣的她，直線破壞森林挺進，以駭人的速度在大地上飛奔而過，讓路過的商旅都嚇破了膽，甚至飛奔的風壓還掀掉了其中兩人的假髮。最後……

「這、這什麼玩意兒啊啊……？」

抵達目的地的同時，席爾菲發出了不知所措的驚呼。

她要去的地方是個小小的村子，然而……

她的去路上，有的卻是巨大的都市。

耀眼陽光照亮的大街上，有著無數各種族的人們來往。這充滿活力的光景，和席爾菲「幾年前」所見，實在有著太大的差異。

「短、短短幾年，會有這麼大的改變？村裡的大家一定非常努力吧。」

席爾菲雪白的肌膚上流出汗水，做出這樣的結論。然而……

「哈哈哈，妳這很容易導出破天荒結論的思考回路，一點也沒變，實在非常令我放心。」

一道顯得愉快的說話聲，就從席爾菲身旁傳來。

聽到這分不出是男是女的美聲，席爾菲將視線拉往身旁。

結果那兒站著一個風貌奇特的人物。

身高以男子而言略高於平均，以女子而言很高。纖瘦的身上，穿著像是燕尾服的服裝。

頭髮是有光澤的黑色。輕柔滑順，長可及膝。

如果只是這樣，倒也不算太奇特……但臉上戴著造型實在太獨特的面具，使人從各種角度來看，都會對這名人物產生一種固定的印象。

也就是，認為這是個腦袋有問題的怪人。

然而走在路上的人們，似乎都不覺得此人有何奇特，連看都不看上一眼。不可思議的是，席爾菲也有著同樣的感覺。彷彿自己的認知受到了控制……

「先不說這個。長年的鍛鍊，真的辛苦妳啦。妳竟然花上長達『幾千年』的時間來鍛鍊，就連吾也萬萬沒有料到啊。」

「咦！」

她對面具怪客本身也有所好奇，但所有的注意力都被這個人所說的話給拉了過去。

「幾、幾千年？這、這話怎麼說？」

「哎唷哎唷？妳不是明知這樣，卻還前往幻影之森？那裡的迷宮『魔素』濃度極高，因此魔物的素質也高，的確最適合用來進行武者修行……但相對的，卻也有著時間的流動速度與外界大不相同的缺點。難道妳不知道這件事，就在迷宮裡待了那麼久了？」

「咦？沒、沒有，這，這個……我、我當然知道嘍！啊～幾千年沒呼吸到的空氣好新鮮啊～～～～！」

她完全是胡說八道，但面具怪客只哼哼笑了幾聲，並不深究。

對於這樣的面具怪客，席爾菲冒出了問號。

（這傢伙，總覺得以前好像在哪兒見過……不，總覺得反而是很熟的人……）

總覺得有點奇妙，但她沒有心思深究。雖然不知道為什麼不想深究。

不管怎麼說，現在有別的事情比面具怪客讓她更好奇。

「過了幾千年，也就是說……世界也有了很大的改變吧？」

「正是正是。已經成了個對吾而言十分無趣的世界。」

「……瓦爾瓦德斯那個笨蛋，還活著嗎？」

她問出這句話的瞬間，覺得這個人面具底下的臉孔歪成笑的形狀。

接著——

「不，他已經死了。」

這句話實實在在令她震撼。

「死、死了？那個『魔王』死了？」

「也難怪妳會吃驚。那個『魔王』陛下被逼得走投無路而自戕這種事情，連吾也沒料到。然而……那個『魔王』確實是死了。可是，他的靈魂還留在這世上。啊啊，實在是太美妙太美妙了。」

面具怪客說得十分陶醉，席爾菲問起事情的始末。

「我、我不在的時候，發生了什麼事……？」

結果面具怪客就愉悅地比手劃腳，述說起來：

「他失控了。那個由於實在太強大而被譽為『魔王』的男人，有一天終於失控。哎呀呀，雖說人心沒有永恆可言，本來就是吾的信條之一，但看來這實在是真理啊。那『魔王』陛下有一天鬼迷心竅，開始施行暴政。就像你們過去試圖殲滅的『外界神（Outer One）』……和在這個時代所稱的『邪神』一樣。」

面具怪客跳舞似的轉動身體，以唱歌似的聲調說下去。

「為什麼會變成這樣？沒有人知道，只有他知道。不管怎麼說，有三件事可以確定。首先是他展開的行動就像要取代『邪神』。其次是因此引發叛亂，讓世界陷入混亂，最後『魔王』被迫自戕。最後——就是『魔王』轉生到現代，要再度讓世界陷入混亂。」

席爾菲從剛才就一直瞪大眼睛，不發一語，僵在原地。

相較之下，面具怪客則是舌燦蓮花。

「轉生體是誰已經有了頭緒。吾認為就是亞德·梅堤歐爾。根據只有一個。距今半個月左右，發生『魔族』襲擊王都，以及傳說的白龍綁走少女的事件。亞德·梅堤歐爾把這些事全都解決了。他掃蕩完大量的『魔族』，還打倒了淪落到與『魔族』合作的白龍艾爾札德。最後他拯救了王都，救回了美麗的少女，成了英雄。」

面具怪客說到這裡，「哼哼」兩聲嗤之以鼻。

「這豈不是騙小孩子的猴戲嗎？他佯裝善良，創造出英雄故事，最終就是要將世界納為己有。沒錯，就和前世一樣。」

接著面具怪客直視席爾菲，以正經的聲調問起：

「動盪的勇者啊，妳會坐視這種情形發生嗎？暴虐的『魔王』將重現人世！無辜的人民哀鴻遍野，還會發生地獄般的鬥爭。再這樣下去，世界將再度被帶進混沌！由他！由改名為亞德·梅堤歐爾的『魔王』瓦爾瓦德斯一手促成！」

「這、這種事情……！」

「就只剩下妳了！那人人聞風喪膽的魔王，就只剩妳阻止得了！所以！動盪的勇者啊！現在正需要妳出力！請妳儘管發揮透過修行得到的力量，擊碎那可怕『魔王』的野心！」

「這種事情！」

席爾菲大聲呼喊。朝著這面具怪客，喊得一頭灼熱色的頭髮都甩亂了。

她對於面具怪客所說的每一句話——

「這種事情！還用說嗎！『魔王』就由我來打倒！」

對這個人所說的每一句話——老老實實，照單全收，深信不疑。

「那個混帳！果然給我胡搞一通！以前我就一直覺得他危險！可是大家都不聽我說的話

「……！連莉迪姊都挺他！一定也是因為他洗腦了姊姊！」

席爾菲握緊拳頭，大發怒氣，朝著面具怪客送出尖銳的視線。

「哪裡？那個混帳東西在哪裡！他死到哪裡去了！」

「在王都迪賽亞斯。王都的正中心有著拉維爾國立魔法學園，他就在這間學校就讀。只要從這個城市一路往南走，應該就會抵達。憑妳的腳程，想必花不到兩天。」

「迪賽亞斯的魔法學園是吧！好～～！『魔王』，你給我等著！」

席爾菲強而有力地喊完，全力蹬地而起，一路踏壞鋪了石板的道路往前飛奔。簡直是個有著人形的天災。

面具怪客看著她轉眼間就離城市愈來愈遠，漸漸變小的身影。

接著靜靜地喃喃說道：

「於是小丑上台，他的故事再度揭開序幕。哼哼……儘管跳舞吧，席爾菲．美爾海芬。妳就扮演好妳的角色，讓吾看得過癮吧。」

面具怪客笑得開懷、開心，又懷念。

此人全身顫抖，隨即就像消融在光芒中的黑暗一樣，消失無蹤。

◇◆◇

最近我總覺得自己一直在說同一句話。

就像永遠擺個不停的節拍器。就算想停也停不下來的旋律，與我亞德·梅堤歐爾的人生深深結合，成了一種想丟也丟不掉的東西。

因此——我再度說出了這句話。

「為什麼會變成這樣？」

在我面前展開的光景，實實在在超乎我意料，是我絲毫不期盼發生的狀況。

也就是——

「好、好厲害……！不愧是屠龍勇士（Dragon Slayer）亞德·梅堤歐爾……！」

「竟、竟然一招就撂倒了那個哈爾肯教官！」

學友們大為稱讚。一個禿頭男口吐白沫，俯伏在地。

「哼哼！對我的亞德來說，這根本輕輕鬆鬆啊！輕輕鬆鬆！」

伊莉娜一臉得意地挺起雄偉的胸部。就是可愛。

「不是妳的好不好！伊莉娜小姐！」

吉妮露出不高興的表情，頭上長出的翅膀頻頻擺動。

接著——

「哎呀，好厲害啊～哈爾肯在我的學生裡已算出類拔萃，結果你一招就撂倒他～簡直像那個笨蛋一樣啊～亞、德、同、學？」

我的老姊奧莉維亞，露出滿臉實在太迷人的最可怕笑容。

為什麼會發展成這樣的事態呢？

時間回溯到幾分鐘前。

我在現世置身的學校——拉維爾魔法學園和其他學園一樣，有所謂的定期考。這些在春夏秋冬等季節遞嬗的時期舉辦，分為筆試與實技兩階段，昨天考筆試，本日則考實技。

以我來說，是打算非常正常地，毫不出鋒頭地通過考試，然而……我上次解決了「魔族」以及白龍艾爾札德的事件，因此獲得了不想要的榮譽，受到許多人各式各樣的矚目。

平民學生的矚目是良性的，貴族學生的矚目則是惡性的。

另一方面，教官的矚目也是各有不同。有敬意，也有敵意。

其中這個叫做哈爾肯的男人，似乎把我當成一個「受到奧莉維亞寵愛就得意忘形的學生」來看待。結果就是……

「亞德．梅堤歐爾，你的實技考……也就是模擬戰，就由我哈爾肯奉陪。」

這個人雖然一根頭髮也沒有，但據說是全校頂尖水準的強者。

再加上我還置身於女王直屬的魔導兵團，讓我和這種怪物級教官的對決，也引來了許多人的矚目，只是……

也好，這正合我意。

哈爾肯的確很強。強得即使我打輸，也不會讓人覺得太不對勁。

因此我決定演一齣戲。

我要不讓奧莉維亞發現不對勁，假裝打得難分難解，最後以毫釐之差打輸。這樣一來，應該就可以如願得到「亞德其實也不過如此」的低評價。

為的是降低因為之前的事件而提昇太多的評價，恢復平凡村民的形象。

我誠心誠意，想演出一場難分難解的對抗。

具體來說，這次的模擬戰，我打算先出手，然後特意讓對方抵銷我的魔法。然後從這樣的狀況下，接下去演出一齣齣以毫釐之差落敗的戲。

……我本來是這麼打算的。然而——

「好，我要動手啦，亞德．梅堤——」

他一句話說到一半，我用上兩成左右的力量，發出了「熱焰術(Flare)」。

這是低階的火屬性魔法。這種水準的攻擊，相信哈爾肯可以輕而易舉地抵擋住。而他會在飛揚的塵土中，說出這麼一句話：「你可真沒規矩。」

而我會喊個一聲「嗚！」，演出像是對哈爾肯的這種強者氣場感受到壓力的模樣。

……我本來期望的是這樣的情形。只是——

「嗚哇啊啊啊啊啊啊啊！」

哈爾肯抵擋不住我發出的火球，整個人被轟得飛起。

……你搞什麼鬼？

竟然連這點魔法都抵擋不住，出乎我意料也該有個限度。都怪你——

「不、不會吧……！那、那個哈爾肯教官竟然……！」

「這『大熱焰術（Mega Flare）』的威力是多麼強大……！」

變成了這樣的情形。

而且，剛剛那招不是「大熱焰術」。只是普通的「熱焰術」。

……無論如何——

「好～我也得打起精神來！因為我也要和我的亞德一樣，讓大家跌破眼鏡！」

「妳根本是故意的吧！妳這是在挑釁我吧！伊莉娜小姐！」

「對了，亞德同學，今晚要不要來我家坐坐？我會好好款待你喔。」

讓我再說一次。

為什麼會變成這樣？

好了，我撐過不安的早晨與動亂的下午，總算能夠迎來平靜的放學。

漸漸染成橘紅色的天空下，回宿舍路上的我身旁……

「亞德真有一套！所有科目滿分一百分，你都拿了一百二十分！」

吉妮勾著我的手，肆無忌憚地把雄偉的胸部擠過來，露出迷人的微笑。站在我身旁的，就只有她一個。

平常我走在回宿舍的路上時，伊莉娜也會在場，讓我一路左擁右抱。

本日的實技測考中，我們的伊莉娜小妹妹努力得不得了。

她努力得不得了，結果就是讓校舍的一部分垮了。

因此她被奧莉維亞罵了個狗血淋頭，現在正留在學園裡，忙著進行修復作業。

看在身兼朋友與監護人立場的我眼裡……實在相當不放心。

我可以這樣丟著她不管，自己回宿舍嗎？

我正煩惱著是不是該立刻回頭……

「亞德，你在想伊莉娜小姐吧？」

吉妮有點像在鬧彆扭，噘起了嘴唇。

「是啊，她被人盯上，因此我當然會擔心她。」

「……是站在朋友立場的擔心？」

「是啊，當然。」

「哦～……」

吉妮的表情顯得不怎麼相信，她不改這表情，繼續說道！

「不用擔心，有奧莉維亞大人陪著。」

「話是這麼說沒錯啦。」

「……我是不會要求你跟我在一起的時候不要想著其他女生。可是，伊莉娜小姐就另當別論。」

吉妮小聲喃喃說著。雖然搞不太清楚，但總覺得繼續這個話題不太妙。多半只會讓她的心情愈來愈差。

所以我決定不再談這件事。

難得有這麼平靜的時間，我想和朋友好好共享這安祥的一刻。

「對了，吉妮同學。今天妳親手做的便當，真的做得非常棒。」

「咦！是、是真的嗎！」

「是啊，真的都是很好吃的飯菜。好吃得會讓我任性地說出想每天嚐到這種話。」

「請包在我身上！完全ＯＫ！我會每天都做便當來！」

吉妮和先前判若兩人，開心地笑逐顏開，頻頻擺動頭上的翅膀。

嗯，果然這女孩還是笑起來的模樣最討人喜歡。

今天的放學後，就和她一起學習下廚吧。我在前世已經把廚藝之道鑽研到相當程度，但還有很多事情可以學。

如果伊莉娜也加入……嗯，愈想愈期待啦。

如果可以，真想就這麼繼續享受平靜的時間啊。希望可以永遠都不要發生什麼麻煩事，就和伊莉娜還有吉妮這些朋友，一起太太平平地度過快樂的時光——

「亞德‧梅堤歐～～～爾！亞德‧梅堤歐爾在哪裡啊啊啊啊啊啊！」

度過，快樂，的，時光——

「給我出來啊啊啊啊啊啊啊！你這卑鄙小人啊啊啊啊啊啊啊啊！不要給我躲起來，你這膽小鬼～～～～～～～～～！」

……校門附近傳來一陣令人不舒服的大音量呼喊，將我的心帶向黯淡。

而且我對這嗓音不陌生。

這嗓音跟一個讓我各種不想見的傢伙一模一樣啊。

我朝校門的方向一瞥……果然看見一個前世讓我大為頭痛的笨蛋，一臉厲鬼似的表情站在那兒。

席爾菲‧美爾海芬——為什麼她會在這裡？

是說，之前她到底是晃到哪兒去了？有一天，她講出「我要離開軍隊，直到打倒你為止」這樣的傻話，就此消失無蹤，再也沒回來過。我還以為她死在路邊了，真沒想到竟然還活著。

坦白說，她就像是「麻煩」這個字眼形成的結晶。因此我絕對不想跟她扯上關係，正想趕快回宿舍去，結果就在我動了這念頭的瞬間──

「那邊那個人！亞德．梅堤歐爾在哪裡？」

大概是因為視線對上了，她朝我逼近過來。

吉妮似乎對席爾菲有所不滿。

「請問妳是什麼人？找亞德有什麼事？」

「那還用說！我是來幹掉亞德．梅堤歐爾的！」

「啥？妳在說什麼鬼話？想也知道妳辦不到吧。你說是不是呀，亞──」

吉妮轉過來，正要叫出我的名字，我趕緊摀住她的嘴。

……太好了。席爾菲似乎還沒發現我＝亞德。

真不愧是席爾菲，腦筋還是一樣不靈光，跟那個時候笨得一模一樣。

「妳、妳找亞德同學的話，我想他應該還在校舍喔。他很出名，每次都會被同學留到很晚。我想今天他大概也正在和朋友們談笑。」

「校舍裡是吧！好～～！給我等著吧！亞德．梅堤歐爾！」

這個蠢蛋喊完這句話，就以山豬般快得很蠢的速度做出蠢得可以的飛奔。

她上當真是再好不過。

「好了，我們回去吧，吉妮同學。」

「丟、丟著她不管，沒關係嗎？」

「……吉妮同學，我啊，總也有一兩件事情不想做。」

就在我這麼回答，再度邁開腳步後，緊接著……

「亞德・梅堤歐爾～～～～～～～～～！我們來分個高下啊啊啊啊啊啊！」

「咿～～～～～～！我、我不是亞德同學啊啊啊啊啊啊啊啊！」

「廢話少說啦啊啊啊啊啊啊啊啊啊啊啊！」

「這——妳、妳這傢伙，是席爾菲嗎？等、等一下！快住手，要是在這種地方發這種大招的話——」

轟～～～～～！

劇烈的轟隆巨響從背後響起，但我並不放在心上。

奧莉維亞啊，不好意思，就和前世一樣，這個笨蛋就麻煩妳照顧啦。

最好是可以往對我有利的方向處理。

具體來說……就是把那個笨蛋引到別的地方去。我說真的，拜託。

……翌日。

灑落的燦爛陽光，今天也一樣為我送來了清爽的醒覺。

但願今天真的可以太太平平地結束這一天。

我懷抱著這樣的心願上學，然而……

……某種大意志，似乎就是想給予我各種苦難。

我進了教室，就坐之後過了一會兒，奧莉維亞走了進來。

她美麗的面孔上明顯有著疲憊與不耐煩。

「我很不願意，由衷覺得徹底不願意……但我還是要介紹轉學生。」

奧莉維亞粗魯地說聲進來，教室的門就被人猛力打開。

而這走進教室的所謂轉學生──

「亞～～～～德！梅～～～提歐～～～～～爾！在──哪──裡啊啊啊啊啊啊啊啊啊啊啊啊啊啊啊啊啊啊啊！」

一個千真萬確的笨蛋。

也就是席爾菲・美爾海芬。

好。

雖然時間還早，但今天也讓我來這麼一下吧。

預備～

為～～～～什麼會變成這樣啦啊啊啊啊啊啊啊啊啊啊啊啊啊啊啊啊啊啊啊！

第二十三話　前「魔王」，為笨蛋費心

一片交頭接耳聲浪的教室裡，席爾菲站在台上，環顧整間教室。

她的眼睛異常地布滿血絲，簡直像在找尋不共戴天的仇人。

「……喂笨蛋——更正，席爾菲。趕快給我自我介紹，不然小心我讓妳和昨晚一樣慘。」

在奧莉維亞冰冷的發言與目光下，席爾菲全身一震。

我不知道昨晚發生了什麼事，但看來是被狠狠教訓了一頓。

她對奧莉維亞害怕之餘，仍故作鎮定地甩起一頭紅髮。

「我是席爾菲・美爾海芬！這是我第一次過校園生活，所以很緊張！不過就先請大家多多指教！」

妳全身上下哪裡有緊張感了？

「咦？席爾菲・美爾海芬……？」

「她和動盪的勇者同名同姓，對吧？」

「記得席爾菲，是在和『邪神』的戰鬥中下落不明了？」

「不在正常時候轉來的轉學生……紅色頭髮……同名同姓……難、難不成……！」

「不，這不可能吧，只是巧合啦。而且席爾菲是巨乳美女吧？」

「文獻上記載的模樣不是這樣……也對，應該不會是這樣一個矮冬瓜吧。」

……就像正確的歷史都不會流傳到後世，當時人物的實際樣貌，也幾乎都不會正確地流傳下來。

流傳到現代的席爾菲形象，平常是思慮周全的女神般人物，然而一進入戰鬥就會判若兩人，變成性烈如火的女武神……這樣的形象和實際情形實在差得太遠。到底是哪個傢伙散布這種胡說八道的消息？

那丫頭腦子裡沒有所謂的思慮，腦袋完全是裝飾。

也就是說，席爾菲·美爾海芬是個世界紀錄級的笨蛋。

然後這麼一個笨蛋，再度威嚇似的將瞪視的目光掃過整間教室。

「我做完自我介紹了！好啦奧莉維亞！把亞德·梅堤歐爾給我叫出來！」

她的這句話，讓所有人的視線都集中到我身上。

看來就連這個笨蛋——更正，是席爾菲，也透過學生們的這種反應，看出我＝亞德……

「你就是亞德————等等！你、你這傢伙，是昨天的！你、你騙了我是吧，可惡啊啊啊啊啊啊啊啊啊啊啊啊啊啊啊！」

她大吼一聲，直線朝我跑了過來。

她先展開實實在在有如野豬衝鋒的飛奔，然後緊急煞車。大氣的激盪掀起她的裙子，讓純白的內褲露出來，但當事人自己並不放在心上，我也不放在心上。

席爾菲氣得滿臉通紅，揪住我的胸口。

「真不愧是『魔王』！你還是一樣卑鄙啊！」

……喂，妳這笨蛋沒頭沒腦亂爆什麼料啦。

「不、不對，等等，請等一下。說、說『魔王』是怎麼回事？」

「你裝傻也沒用的！我早就查過，你就是『魔王』瓦爾瓦德斯的轉生體！」

……看這女的給我爆出了什麼料。

我拚命隱瞞真相，妳卻給我這麼乾脆就說出來……！

我對眼前這個笨蛋湧起怒氣。如果換做在前世，我已經吼她說：「妳這笨蛋在講什麼鬼話！」然後賞她一拳，只是……一旦做出這種事，就等於承認她說得沒錯。所以我要忍耐。忍耐啊我。

沒什麼，誰也不會相信她說的夢話。有誰會相信我是「魔王」這種事——

「亞德是『魔王』的轉生體……？說不定是真的……！」

咦！

「說到這個，記得『魔王』駕崩前，留下過這麼一句話。說等到一段漫長的時間過去，『魔族』再度擾亂世間時，就會再度現身。」

不，我根本沒留過這種話。我一點都不記得自己說過這種台詞。

順便說一下，我死前說的話是這樣的：

「『魔王』太寂寞所以決定去死。這是不折不扣的孤寂死啊。哈哈哈。」

我自己是覺得話說得挺妙，不知道大家怎麼想？

……這件事就先不提。

「亞德是『魔王』轉世……！我都沒想到！可是，仔細一想就覺得很自然啊！亞德真不是蓋的，我都重新迷上你了！」

吉妮啊，我可一點都不了解到底哪裡不是蓋的。

……以她為首的班上學生，約有半數似乎都已經相信我＝「魔王」轉生體。而且……

「席爾菲，妳說妳查過，這件事說清楚點。」

我這棘手的老姊，更是興味盎然。

然而席爾菲似乎氣往上衝，對奧莉維亞看也不看一眼，對我投來恨得熱烈的視線……

「決鬥！我要跟你決鬥！這次我一定要把你打個稀爛，你認命吧！」

她手朝我一指，說出這樣的話來。

話說，我該怎麼辦呢？首先，我完全無意搞什麼決鬥。這女的對我來說，是少數「會讓我認真起來的對象」。因此，我肯定會露出馬腳。

我不能讓我＝「魔王」這件事，被奧莉維亞看出來。

因此，我得想辦法巧妙地撇掉這件事才行……！

我正如此煩惱……

「妳喔！愈講愈囂張！我聽了就生氣！」

一名超絕美少女碰響課桌椅站起，有如小狗威嚇一般，讓一頭白銀色頭髮倒豎。

沒錯，就是我們的伊莉娜。伊莉娜理智斷線似的眼角上揚，背負著熊熊燃燒的憤怒之火背景，模樣真的好英勇。

「我來代替亞德接受妳的決鬥！」

伊莉娜指了回去，讓席爾菲的情緒火上添油……這樣的情形並未發生。

不但並未發生，反而還瞪大眼睛，露出吃驚的表情。

……啊，對喔。果然她也在伊莉娜身上，看見了莉迪亞的影子嗎？

這也難怪。我第一次看到這女孩時，內心也十分震驚。

……對席爾菲來說，「勇者」莉迪亞是老師，是母親，也是姊姊。

這樣的她，面對和莉迪亞長得一模一樣的伊莉娜……

「妳、妳是……亞德．梅堤歐爾的什麼人？」

「是他朋友！朋友第一號！在我之上沒有別的朋友在我之上，在我之下全都是在我之下的朋友！我們就是這樣的關係！」

我完全聽不懂她在說什麼，但她這麼可愛，就別計較了吧。

「是、是這樣嗎……哼～……」

席爾菲一臉五味雜陳的表情，吞吞吐吐。剛才的威風已經消失。

她忸忸怩怩地盯著伊莉娜看個不停。

伊莉娜似乎錯以為席爾菲在瞪她，於是發出低吼聲瞪著席爾菲。她努力擠出凶狠表情的模樣非常惹人憐愛。

接著在幾秒鐘後，席爾菲打破了沉默。

「妳、妳啊！要當我朋友！如、如果妳答應！要我放過亞德．梅堤歐爾也行！」

聽見席爾菲這番鼓起勇氣的表白，我們的伊莉娜反應則是……

「我不要！我不想跟敵視亞德的人當朋友！」

「啊哇哇！」

伊莉娜雙手抱胸，哼了一聲，撇開臉去。

席爾菲就像剛出生的小鹿，全身發抖。

「嗚、嗚嗚嗚嗚嗚……！」

她一雙大眼睛被淚水沾濕，莫名朝我瞪過來……

「給、給我記住！亞德・梅堤歐爾！哇啊啊啊啊啊啊！」

她對完全無關的我留下這番遷怒的話，豪邁地跑走了。

「……席爾菲・美爾海芬，無故缺席。」

奧莉維亞一邊嘆氣，一邊用羽毛筆在出席簿上劃記。

總覺得，有夠疲憊。現在還只是早上呢。

後來過了一會兒，那個撞破門跑走的笨蛋畏畏縮縮地回來了。

如果可以，我是希望她就這麼離開，但她除了這裡以外，大概沒有地方去吧。

所以呢，我們就在抱著席爾菲這顆炸彈的情形下，開始上課。

我們換上方便活動的體育服裝，來到寬廣的運動場。

今天的第一堂課是劍術鍛鍊，指導教官是奧莉維亞。

首先進行的是空揮以及演練套路。

換做是平常，這種課對我而言，是一段能讓心靈安祥的時間。並沒有什麼特別容易會引得奧莉維亞起疑的因素，時間淡淡地過去，就是這種課的常態。

然而……

「啊哇！啊哇！啊哇啊啊啊啊啊啊啊啊啊啊啊！」

都怪這個笨蛋一直用空揮刀劍的風壓，讓同學們跌得東倒西歪，讓安詳的時間化為了充滿緊張感的險境。為什麼事情會弄成這樣？

「……喂，席爾菲，多少收斂一下力道，這樣根本上不了課。」

「我已經很收斂了！真是的！這個時代的人真軟弱！」

不知道是不是錯覺，奧莉維亞那鐵面具般的臉上，看似也露出了疲勞與緊張的神色。

「那個轉學生好厲害啊。搞不好，真的是席爾菲？」

「我、我不承認，說什麼也不承認！席爾菲是個文靜又可愛的女生，完全不是那種樣子。」

很遺憾的，你想像中的席爾菲根本不存在。

化為人形的愚蠢和野蠻。席爾菲．美爾海芬就是這麼樣的一個人。

加進了這個天災少女的課程，雖然十分吵鬧……

但還是比意料中來得和平。希望一切就這麼順利結束。

我才剛許下這樣的願望——

「好了，我們開始對練。首先是亞德．梅堤歐爾，你——」

奧莉維亞的嘴，露出了策士般的微笑……
「去跟席爾菲．美爾海芬對練。」
講出了這句不得了的話來。
「正合我意！劍術是我這幾年來進步最多的領域！」
席爾菲滿心想打。她得意地挺起洗衣板似的胸膛，模樣令我覺得十分可惱。
「不，等等，請、請等一下！奧莉維亞大人！」
「哎呀呀？怎麼啦，亞德．梅堤歐爾？該不會是不敢跟我打？對喔，記得你以前也是一遇到緊要關頭，就會膽小起來啊！」
這、這個臭丫頭……！不、不對，我要忍耐。不要被激怒。
「奧、奧莉維亞大人。據我所見，席爾菲同學應該不需要對練。她劍術上的本領，已經不在需要接受指導的領域。因此——」
「為什麼要跟她打，你就會猶豫？是因為會認真起來嗎？對喔，我那個蠢弟弟，也是平常冷靜沉著，但一牽扯到席爾菲就會變得一頭熱啊。」
奧莉維亞說得笑瞇瞇的。這個表情就述說出她在打什麼主意。
這女的，是打算利用席爾菲，來判斷我是不是「魔王」。
既然如此，我就更不想跟她對練。可是……堅拒卻也說不過去。會被她認為是我怕拆穿，才不想打。

……既然這樣，那就沒辦法了。

「我明白了。我謹領這場對練。」

我要卯足全力——打輸。輸給那個笨蛋，輸給席爾菲。

……我……我好不安。我就連在前世也不曾如此不安過。

「亞德，幹掉她！這種傢伙你三秒鐘就可以把她打得落花流水！」

「啊哇！」

伊莉娜的聲援，在席爾菲心上深深剜了一刀。

她眼眶含淚，已經完全進入惱羞成怒模式。

「看我把你痛打一頓啊啊啊啊啊啊啊啊啊啊啊！」

她在嘶吼聲中，展現出猛烈的跨步。

席爾菲以幾乎把聲響拋在後頭的速度逼近。激發的風壓劇烈地吹起彼此的頭髮——一會兒後，木劍與木劍劇烈碰撞，衝擊波散往四周。

一回合。兩回合。三回合。快得令人目不暇給的攻防。

每當我和席爾菲揮動劍身，就激得大氣哀號，大地震盪。

「好、好厲害……！」

「亂七八糟也該有個限度吧，他們兩個……」

這樣不好。再這樣下去，我的評價會上升到不理想的程度。

因此，我非得趕快打輸不可，然而……

「怎麼啦『魔王』！你怕了我進化過的劍技嗎！」

我是一直想趕快打輸啦。

但如果輸掉……

「啥？你敢對我有意見？也不想想你比我弱？」

或是……

「欸，你就不會去泡個茶給我喝嗎？啥？你敢頂嘴？也不想想你比我弱？」

之類的。

她肯定會徹底看扁我。

被其他任何人看扁都無所謂。可是，只有被這個笨蛋看扁，我絕對不能接受。

我認為每個人都會有個「萬萬不想被這個人看扁」的對象。

對我來說，席爾菲就完全是這樣的對象。因此——

「我是不知道妳進化了沒有，不過——還差得遠呢。」

席爾菲有個習慣，就是刺出一劍後，身體會微微往左傾斜。動作雖小，仍會讓身法有所遲鈍……只要我往右側繞過去，她的反應就會慢半拍。

看來長進是有的，但壞習慣卻沒完全改過來。

就是因為這樣，看吧，輕而易舉就被我一招打在身上。

「嗚哇！」

我一劍橫掃在她肚子上，席爾菲就發出小小的哀號，整個人飛了起來。

接著她在離了十步左右的地方落地。我有拿捏力道，相信不會有什麼大礙。

「……一分。亞德・梅堤歐爾勝。」

意外的是，奧莉維亞的臉上沒有笑容。是不是我得勝出乎她意料呢？

嗯，就結果來看，得勝這件事，似乎往好的方向塵埃落定。

反倒是如果打輸，也許反而會被她逼問說「你是故意打輸吧」。

不管怎麼說，這次對我來說，將會以最好的結果收場——

「我、我不承認……！我絕對不承認！我變強了！變得比你還強！比『魔王』還強！強得多了！」

另一頭的席爾菲生起氣來，大聲呼喊。

接著——

「迪米斯・阿爾奇斯！」

以她朝天舉起的右手為中心，雷鳴般的閃光與巨響震撼了四周。

下一瞬間，一把大劍顯現在她手中。

這把有著黃金色劍身與豪華裝飾的劍……聖劍迪米斯．阿爾奇斯。

是三大聖劍之一，也是過去我和莉迪亞託付給席爾菲的力量。

而她將這把劍……

「我！還沒輸呢！」

亢奮地舉起——

「『維爾（邪惡之輩）』．『史特納（在我一刀之下）』．『歐爾維迪斯（消失吧）』！」

以超古代言語詠唱。

那是解放聖劍之力的關鍵字——

「住手！不要在這種地方發這招！」

奧莉維亞的制止也落了空，席爾菲朝我揮下聖劍。

剎那間，劃過虛空的黃金劍身，發出莫大的能量洪流。

壓倒性的、龐大、無與倫比、劇烈的破壞力洶湧而至。

「嗚……！」

遇上這一招，連我也不得不拿出真本事。

我以無詠唱施法，發動特級防禦魔法「終極障壁術（Ultimate Wall）」。

半透明的球體狀屏障，顯現在我周圍。

一會兒後，洪流重重撞在屏障上。劇烈的壓力壓迫全身。

……那個笨蛋，用最大火力出招了啊。

換做是前世的我，是有辦法完全擋住，但憑現在的身體就有點負荷不了。

因此我在承受洪流之餘，發動另一個魔法。

風屬性的高階攻擊魔法「鉅級強風術（Giga Wind）」。以魔力形成的氣流，能夠干涉同樣由魔力形成的破壞性能量。

強烈的魔力風壓，將從聖劍發出的破壞洪流帶偏——

洪流轟向現在已經沒有任何人在用的舊校舍，讓大片校舍毀壞、消失。

「這……！只、只不過擋住一次，不要得寸進尺——」

席爾菲再次擺出架勢，準備再度施展大招。

「到此為止。席爾菲・美爾海芬。」

奧莉維亞遠比我更快，將劍尖抵在席爾菲的脖子上。

她的聲調令人全身冰冷，眼神中有著明確的激情。

「如果妳還要打，我可要砍下妳的頭。」

「嗚……」

看來就連席爾菲也怕了現在的奧莉維亞，乖乖放下了劍。

奧莉維亞也將劍尖從席爾菲的脖子上挪開。

「……妳仔細看看四周。」

席爾菲照做。相信她眼中所見的光景，和我所見是一樣的。

也就是學生們被聖劍發出的洪流波動所波及，趴在地上掙扎的模樣。

聖劍迪米斯・阿爾奇斯所發出的破壞性能量，接近一種毒素。

迪米斯・阿爾奇斯從劍身發出洪流的同時，會將擁有毒素性質的「魔素」擴散到四周。

透過這樣的機制，就可以一舉掃蕩全方位的敵人。

因此這聖劍有個別稱，叫做「殲滅的寶器」。

看來席爾菲在下意識，將擴散的毒素壓低到了最低限度，只是……

除了擁有高度魔法抵抗力的伊莉娜與吉妮之外，所有學生都身體不舒服，倒在地上。

席爾菲看到這樣的慘狀，當場臉色蒼白。

「我、我，這個……」

「……妳和那個時候沒有任何不同。仍然是個連力量要怎麼控制都不知道的蠢小孩。」

她的聲調透出強烈的怒氣。

別看奧莉維亞那樣，她有著很喜歡小孩子的一面。平常看似對學生們保持距離……但實際上，她作為教育者非常有愛。

席爾菲就是在這樣的她面前，對孩子們施加了危害。

換做是平常的奧莉維亞，簡短斥責幾句就可以了事，但這次另當別論。

「我完全無法理解他們兩人是為了什麼，才會將這把劍託付給妳這樣的人。妳想想如果莉迪亞看到現在的妳，會有什麼感想。」

大概是這句話激怒了她，席爾菲露出不高興的表情。

「為、為什麼我就得被妳這樣數落！就算有人死傷，靈體也還會留著，做個復活儀式不就好了！」

她撂下了這句話……真是的，這丫頭還是一樣幼稚。

沒辦法，雖然也許會被揭穿真面目，但還是稍微教訓一下這個笨蛋吧。

既然莉迪亞把席爾菲託付給我，這就是我的職責——

結果我才剛想到這裡。

「不准頂嘴，妳這個笨蛋！」

伊莉娜比我先跑了過去——

「做了壞事就要說對不起好不好！」

一拳打在席爾菲頭上。

咚的一聲大響中，席爾菲忍不住跪了下去。

大概真的很痛吧，只見席爾菲的一雙大眼睛已經滿是淚水。

伊莉娜低頭看著她，瓜子臉上有著烈火般的表情。然而，那不是對加害者的憎恨……而是母親斥責小孩的表情。

「妳很強這件事我已經很清楚了！可是，正因為這樣，妳更不可以用這個力量傷害別人！這麼強的力量，該為了什麼而用，妳要好好想清楚！」

這番話，以及伊莉娜與席爾菲這兩者的狀況。

是我前世經常看見的光景。

「妳這大笨蛋！做了壞事就要說對不起好不好！」

「可、可是姊姊，那是因為瓦爾瓦德斯那個笨蛋……」

「不准頂嘴！」

……莉迪亞平常對席爾菲很溺愛，但當她真的做了壞事的時候，就會賞她一拳並好好斥責她。而每次罵到最後，都會……

「妳這蠻力是為了什麼存在的？給我好好想清楚這點。」

當她做出這樣的結論後，就會微笑著說「真拿妳沒辦法」，然後摸摸席爾菲的頭。

就像現在的伊莉娜這樣。

而她的這些言行，似乎讓席爾菲也想起了過往。

「嗚、嗚嗚嗚嗚……對、對不起～～……！」

她哭得臉皺在一起，流下大顆的眼淚。

伊莉娜以充滿慈愛的表情，輕輕地一直摸著席爾菲的頭。

……席爾菲．美爾海芬，從小時候就一直失去重要的事物。

她的雙親遭到「魔族」殺害，被莉迪亞收養，進了軍隊。

她透過這樣的方式，得到了許多朋友與安身立命的所在，然而……

好不容易得到的這些情誼，也在戰鬥中不斷地失去。

所以，她才會執著於力量，執著於勝利。

因為她再也不想失去重要的事物。

這強烈的念頭，總是會將席爾菲帶往不對的方向。

……那個時候，是莉迪亞阻止她。當席爾菲犯錯，就會賞她一拳，引導她走向正確的方向。

我本來以為，這樣的情形已經不會再實現了。

伊莉娜果然是個了不起的人物。

既然有她在，相信席爾菲就不要緊。

……這樣想，是一種逃避嗎？

啊啊，對了。就是這樣。我在逃避。

可是，總有一天，我非得告訴席爾菲不可。

告訴她說，就是我，從她手上奪走了她最重要的事物——

第二十四話　和前「魔王」準備校慶ＰＡＲＴ１

席爾菲雖然是個會走路的天災，但似乎連她也在剛才那件事裡得到了教訓，第二堂以後的課，她就待得非常安分……雖然監視我的目光還是一樣尖銳。

不管怎麼說，懷抱著炸彈的校園生活，也平安地撐到了午休時間。

緊接著就有事情發生。一名女性走進教室。她身披漆黑的禮服，戴著眼鏡，記得是校長的祕書。

「亞德同學、伊莉娜同學，校長請兩位過去，還請跟我來。」

我們也沒理由拒絕，於是跟著她前往校長室。

由豪華家具點綴的室內，有著一臉不高興表情的奧莉維亞，以及……

「喔喔，你們兩位來啦。不好意思啊，打擾你們難得的午休時間。」

一名老好人風貌的老年男子——本校校長葛德伯爵就坐在那兒。

「不，請不要放在心上……那麼，請問這次有什麼事呢？」

「嗯，我就單刀直入地說吧。一個月後本校將迎來校慶，這件事你們應該也知道吧？」

「是，當然知道。」

「好期待喔！校慶！」

看到伊莉娜笑瞇瞇地，回答得活力充沛，葛德也面帶笑容點頭。

「嗯嗯，畢竟看在你們學生眼裡，這就是一場慶典啊。只是話說回來……校慶這件事，也有著明確的教育目的喔。」

葛德先來了這麼一小段開場白，然後咳了一聲，清了清嗓子。

「校慶中，所有學年的學生都要擺攤，從設備、物資的籌措到拉客，所有事情都得靠自己的力量解決。本校嚴禁學生動用家裡的權勢，學生們始終必須只靠自己的能力突破困難。無論將來選擇什麼樣的職業，相信這些經驗都會成為寶貴的資產。」

沒有反駁的餘地，這個想法完全正確。

然而──

「除此之外，其實也還有很多別的目的。」

葛德像個惡作劇被拆穿的小鬼頭一樣，苦笑著搔了搔頭。

「坦白說，對魔法學園而言，把校慶這個活動當成搖錢樹的色彩很濃。校慶的確在教育上也是最合適的方式，但這終究只是場面話。不管哪個學校，都把校慶認知為以賺錢為目的的活動。」

「不過這也無可厚非吧。本校由於是國立學校，有國家提供輔助金，但聽說其他學校就沒有這樣的補助，資金上隨時都是捉襟見肘。」

「嗯。可是，這點本校也沒有多少差別。畢竟本校不同於其他學校，提供的學問範疇非常多樣化。因此，設備費用說什麼都低不了……再加上，本校日前才失去了一位優秀的講師。」

所謂優秀的講師，指的應該是潔西卡小姐吧。

她是公爵家的長女，也是個年僅十八歲就當上學園講師的才女……本來是這樣。

但日前「魔族」引發的事件，讓我們永遠失去了她。

「……她的家族現在狀況怎麼樣了？」

「不是天翻地覆可形容。畢竟潔西卡小姐被視為下一屆的大當家，她卻突然消失了。」

我處在無法斷定自己無關的立場，所以是會想幫他們，只是……

實際上就是有困難。

「不過，這件事就先不提。就當是為了填補潔西卡小姐留下的空缺，本校也希望能在校慶大撈一筆。很抱歉把你們扯進大人骯髒的世界裡，就不知道能不能請你們兩位幫幫忙？」

「……這就得看內容了。請問校長準備了什麼樣的計畫？」

「嗯，今年我計劃舉辦兩個攬客用的招牌節目。一是劍王武鬥會，這是每年慣例的對戰比賽……但我不強制你們參加。這種活動，不合亞德的喜好吧？」

「校長願意體諒，實在是感謝之至。因為我得到的力量，不是用來在眾人面前炫耀，而是為了保護人。」

我沒說謊，這是我的真心話。而我之所以不想出戰，還有另一個理由。不想讓從剛剛就一臉不高興的表情盯著我看的老姊懷疑，也是一部分原因。

「那麼呢，關於第二個節目，今年我打算辦舞台劇。」

「舞台劇……是嗎？的確是很好的構想。這年頭，大眾之間似乎很流行舞台劇，而且雖然得看演員，但我想攬客效果應該很高。」

「亞德果然有一套，對時勢這麼了解。也就是因為這樣，我想請求你們班表演舞台劇。亞德還有伊莉娜，你們的名字已經在日前的事件中轟動整個王都。由你們兩位主演舞台劇，宣傳效果肯定再好不過。」

「唔。伊莉娜同學，妳覺得呢？」

「我想演！畢竟我是第一次演戲，而且從以前我就很嚮往能當女演員！所以一想到可以登上舞台，就覺得……愈想愈雀躍！」

光是想像伊莉娜當上女演員的模樣，就覺得臉頰都不由得笑開。伊莉娜這麼出色，相信她的精彩演出轉眼間就會席捲全世界。

我們家的女兒真的是太優秀，優秀到讓我傷腦筋。

「我明白了。那麼不才在下亞德・梅堤歐爾，願意為伯爵盡棉薄之力。」

只不過是舞台劇，就算在舞台上出風頭，應該也不會被奧莉維亞懷疑吧，而且也不會讓民眾對我產生畏懼，落入孤獨。再考慮處在有點特別的立場，反而容易交到朋友這一點，這件案子對我而言，應該會產生正面的作用。

「嗯。我先說清楚，舞台劇的腳本等等，你們可以任意決定。呵呵呵，這下我可愈來愈期待校慶趕快來臨了。」

葛德摸著鬍鬚，笑得十分快活。然而，另一邊的奧莉維亞則嘆了一口氣。

「也對，的確令人期待……雖然前提是沒發生麻煩事。」

「麻煩事……是嗎？」

「嗯。葛德，我差不多可以提起那件事了嗎？」

「當然可以了，奧莉維亞大人。」

葛德換上正經的表情點點頭之後，拉開辦公桌的抽屜，拿出一張皮紙。

「兩位，可以請你們看看這個嗎？」

我們照他的吩咐，靠近辦公桌，閱讀內容。

上面所記載的內容……概括說來，就是說如果不停辦校慶，你們就會付出慘痛的代價。

說穿了就是威脅信。

「不過這種東西我們每年都會收到。如果只是普通的威脅信，也不用請你們過目……沒錯，如果是普通的威脅信。」

葛德拄著臉，露出厭煩的表情。他說得沒錯，這封信不尋常。

這張皮紙，是用人皮製成。而信的最後，有著形狀獨特的徽章。

從這些資訊，可以得知寄件人是……

「寄這封威脅信來的人是『拉斯．奧．古』嗎？」

「拉斯．奧．古」是由一群崇拜「邪神」的「魔族」所組成的反社會組織通稱。

他們企圖讓我在前世就已經封印或抹殺的「邪神」群復活，日日夜夜在暗中活躍……到了最近，終於在王都有了醒目的行動。

似乎是當時的記憶甦醒，伊莉娜以不安的表情緊咬嘴唇。

「……從上次的事件來看，他們盯上的是我吧……」

「十之八九是如此。只要想想他們的目的。」

這些人企圖讓「邪神」復活，而復活儀式需要用到活祭品。

這個人選就是伊莉娜。她是這個國家裡真正的王族，是「邪神」的後裔。

她的靈魂與「邪神」很接近，因此是最合適的活祭品人選。也因為有這樣的情形，「拉斯・奧・古」打算伺機綁走伊莉娜……話是這麼說沒錯。

「實在不清楚他們和校慶扯上關係的理由啊。我們確定他們盯上的是伊莉娜小姐……他們曾經拐走她，以及這次的威脅信——不管怎麼想這兩件事都連不上。」

「嗯，我和奧莉維亞大人，對這點也很頭痛。」

「現階段我們完全無法判斷他們的圖謀。既然如此，考慮到有可能發出超乎意料之上的慘案……我們才會決定讓席爾菲入學，作為臨時戰力。」

……原來有這樣的考量啊。

「那個笨蛋在各方面都很麻煩，但力量很足夠。想來應該是因為一直待在『魔素』濃度很高的地方吧。在她身上，看不到太多因為『魔素』降低而造成的劣化。因此現階段席爾菲的戰鬥能力，放眼全世界大概都可說是屈指可數。」

那個席爾菲變成全世界屈指可數的強者？這世界沒救了。

「除了這樣的力量之外……她是曾經和我們一起並肩作戰對抗『魔族』的人，能夠賦予一定程度以上的信用。」

聽奧莉維亞說出這番評價，伊莉娜頻頻眨眼。

「請、請問一下，奧莉維亞大人。她……真的是動盪的勇者？」

「沒錯……我知道妳不想相信。畢竟英雄譚都把她描寫成一個很了不起的人物啊。對於

只知道這種假象的你們而言，多半會覺得很受打擊。但那就是現實，接受吧。」

伊莉娜露出厭煩的表情。我懂，妳的心情我懂啊。

「不管怎麼說，她雖然是個麻煩製造者，但絕不是壞人。由於極度笨拙，因此也會犯錯，但她是個本性善良的少女。仔細回想起來，我也曾經被她救過幾次。我相信這次她也會如此——」

難得。真的真的很難得，聽見奧莉維亞對席爾菲做出正面評價的發言。

結果這句話才說到一半——

「啥啊啊啊啊啊啊啊啊啊啊啊！有種再說一次看看！」

……笨蛋的呼喊，以強得愚蠢的強度撼動了我們的耳膜。

聽到她這轟動整個校園的大音量，奧莉維亞露出苦澀的表情。

「……不好意思，麻煩把我剛才說的話全都忘掉。是我太傻了。」

我懂，奧莉維亞啊，我懂。妳的心情我真的很懂。

「……可以去看一下情形嗎？」

「唔，嗯，可以。」

既然得到了允許，我們退出校長室，去找喊話的人。

我們跑著登上樓梯，然後——就發現了。狀況實在是挺麻煩的。

席爾菲帶著一群體格壯碩，形貌凶惡的男生，雙手抱胸站在那兒。她面前則有一群頭上滿頭包的貴族學生跌坐在地。

這狀況怎麼看，反派都是席爾菲，然而……

「等等，席爾菲！這是什麼情形！」

聽到伊莉娜的吼聲，席爾菲全身一震。

她朝我們看過來，表情變得像是害怕的幼犬。

「伊、伊莉娜姊姊！這、這是，這個……都、都是這些傢伙不好！」

被升格為姊姊的伊莉娜，大剌剌走向席爾菲，不改臉上嚴肅的表情，說道：

「給我解釋清楚！如果妳是為了雞毛蒜皮的理由傷害別人，我可不會放過妳！」

「才、才不是雞毛蒜皮！是、是這些傢伙嘲笑我們班的學生！說區區的平民不要得寸進尺！所以我，就一肚子火……！」

我們班……原來如此，仔細一看，席爾菲率領的這群壯碩的男子是我們班的同學。他們站到伊莉娜面前，護著席爾菲。

「請妳高抬貴手啊，大姊頭！」

「席爾菲大姊是為了我們才教訓他們！」

這些男生以和他們壯碩凶悍外表很搭調的聲調，紛紛這麼說。

說著他們瞪向那群貴族學生。被這麼一瞪，貴族學生們不由得發抖，但隨即換上看不起人的眼神，開口說話：

「哼！嘲笑？你們在說什麼鬼話？我們不就只是陳述事實而已嗎？區區的平民不可能敵過我們貴族。這次的校慶上，會獲得最優秀獎的，肯定是我們貴族所率領的A班。像你們班這種平民很多的班級，怎麼可能是我們的對手。」

最優秀獎？……從這句話聽來，這獎項多半是頒發給校慶上業績最好的班級吧。

「而且我們貴族和你們平民，差異本來就大到有斷層。我們是繼承了『魔王』所率軍隊血脈的高貴人種，相較之下，你們體內流的血沒有任何價值。光看這一點，你們平民連家畜都不如，這點已經非常清楚——」

這個饒舌的貴族一番話說到一半，腦袋就往上一彈，整個人飛了起來。

是被人一腳踹飛了。而做出這個行動的——

「別說這種蠢話了！」

不是別人，正是我們伊莉娜小妹妹。在場似乎沒有人料到她會做出這樣的行動。貴族學生不用說，就連席爾菲等人也都啞口無言地看著伊莉娜。

我這位已經完全成了場上主角的朋友，雙手抱胸，讓臉上散發著烈火般的怒氣……筆直指向先前被她一腳踢飛，流著鼻血爬起來的學生。

「人身上流的血，全都一樣好不好！你的血、我的血，還有平民的血！全都一樣是紅色的！用這種東西來分類別人、歧視別人，真的是有夠沒營養！」

……這種地方，也和莉迪亞一模一樣。

和我一樣出身平民的她，一直都提倡平等主義，對歧視主義的貴族極盡挑釁之能事。這點在她身分變高貴之後也沒有兩樣……我就是喜歡她這種地方。

「伊、伊莉娜姊姊……！」

席爾菲多半也跟我一樣，在她身上看到了過往的莉迪亞。

席爾菲一雙大眼睛滿是感動的淚水。

接著我們伊莉娜小妹妹繼續指著Ａ班的貴族們……

「最優秀獎我們會領走！我們絕對不會輸給你們這種人！」

她做出了宣戰。對此，這群貴族學生都不約而同地表現出不快感。

尤其是一名看似他們領袖的少年，更以幾乎要射殺人的凶狠視線瞪向伊莉娜。

「真虧妳膽敢對我這個伯爵家的嫡子說得這麼囂張啊，也不想想妳不過只是男爵家的千金……！」

他指著伊莉娜宣告：

「決鬥！我要跟妳決鬥！只是話說回來，我不是要打野蠻的魔法戰！畢竟正好也有校慶……就以擺攤賺得比較多的一方得勝吧。如果妳贏了，我就對妳下跪磕頭。相對的，如果我們贏了——」

「我就全裸跑操場一百圈，然後離開這學校！」

「哼，這可是妳說的。給我記住了，妳這沒落貴族——咕嘎啊！」

他再度被伊莉娜一腳踢飛。

他被這一腳完全踢昏，跟班們扛著他離開了。

「伊、伊莉娜姊姊……！我好感動！我要一輩子追隨妳！」

「傷害別人很不好，可是那種傢伙另當別論。今後妳也儘管教訓他們，我准許。」

不對，不可以准許吧，伊莉娜小妹妹。那樣一來……

「知道了！蔓延全世界的歧視主義者，我會一個都不留地殲滅掉！」

啊啊……以後大概會不斷發生麻煩事吧……

我沒轍地嘆了一口氣，結果伊莉娜就看著我……

「對不起喔，亞德。我擅自決定了。」

她對我道歉，說很抱歉把我牽連進來。

伊莉娜尷尬地低下頭，我則微笑著回答：

「妳說這是什麼話呢？我們不是一心同體嗎？妳的意思就是我的意思，伊莉娜小姐。」

「亞、亞德……」

「實際上，他們的說法讓我也有點生氣。從現在起，我們就團結同心，給他們好看。」

「嗯！我果然最喜歡亞德了！」

伊莉娜露出滿面花朵綻放般的笑容，整個人抱了上來，真的好可愛。

「你……說話倒是很像樣啊。換做是『魔王』，這種時候應該會講些沒有人性的話，像是罵說我哪管這些平民，全都給我去死吧之類的……」

喂，妳這傢伙，原來把我當成這樣的人？

「……我對你……有點另眼相看了。」

這番台詞與微笑像是肯定了我，看在旁人眼裡，多半會覺得這樣的態度很迷人……

但該怎麼說，被她這樣說，我也只覺得火大。

……算了，總之……

「就讓他們後悔挑釁我們吧。」

第二十五話　和前「魔王」準備校慶PART2

也不知道是偶然還是必然，午休時間過後，整個下午的課程都是在準備校慶。

「話說……對你們來說，校慶有兩種意義。一是字面上的意思，是一種慶典，正適合大家熱熱鬧鬧。而另一種意義……是人生的分水嶺。」

站在講台上的奧莉維亞很有導師的模樣，一邊讓目光在學生們身上掃動，一邊說話。

「這個說法絕對不誇張。相信你們當中，也有人會在這次校慶中決定畢業後的去向。從這個觀點來看，也可以說是分水嶺。另外……」

奧莉維亞說到這裡，先略作停頓，清了清嗓子。

「在這場校慶中，你們這些學生必須只靠自己的力量來贏得利益。我們導師會根據你們的活躍程度，對每個人給予評分。這項評分不但有關進級，相信對你們將來的出路，也會發揮相當大的正面作用。這次校慶中的活躍，會讓你們在選擇職業時的起跑線大大不同，從這個觀點來看，也可以說這次校慶就是分水嶺。因此，大家要盡力而為。」

奧莉維亞做出這樣的結論後，離開了講台……

她盯著我看。其他學生也是一樣。

接下來的部分，基本上導師不會干預，要只靠學生的力量進行下去。

為此就需要有人主持會議……

大概是因為最近我太出風頭，看來這個職責落到了我身上。

看這氣氛也實在無法拒絕，於是我站起來，走到講台上。

「那麼各位同學，就由在下亞德・梅堤歐爾，為各位擔任班會主席。」

我站在平常只准講師站上的講台，目光掃過整間教室。

學生投來的視線，是好感與敬意占了一半，嫉妒與恨意占了一半。

前者幾乎全是平民，後者幾乎全是貴族。現階段全班實在說不上是團結……一想到往後的路，就令我頭痛。

「首先我有個消息要跟大家報告。在這次的校慶中，本校除了舉辦慣例的劍王武鬥會之外，還企劃了以舞台劇作為主要的招牌節目。而我們班就獲得了出演這齣舞台劇的榮譽。」

聽到這項發表，全班同學都熱絡起來。

平民學生細細品味著能夠受到矚目的興奮，貴族學生對意想不到的名譽表露歡喜。

看來在舞台劇這部分，有望團結起來。

「校長說劇本我們可以自由決定。只是話說回來……考慮到還是需要經過審閱等過程，

能夠上演的題材應該還是有限。」

所謂的言論自由，在現代頗受輕視。

舞台劇、戲曲、文學等等，所有的創作物都需要受到審閱，禁止推出批判皇家與「魔王」的內容，違反者將被科以重罪。

我所統治的時代，完全沒有這樣的規定，承認人民的言論、思想、宗教等所有自由……這時代可變得真惹人厭啊。

「我個人認為，從『魔王』的英雄譚選出代表性的一幕來演，應該比較妥當。有意見的同學請舉手。」

我嘴上這麼說，但多半不會有任何人舉手。

這個選擇不費事又無趣，卻是最佳的選擇。

只要選了這個題材，只要不是改編得太離譜，就不會淪為審閱對象，而且也受民眾歡迎。「魔王」的英雄譚雖然古典，卻也被視為永不褪色的經典。

……雖然看在「魔王」本人眼裡，就覺得五味雜陳。

不管怎麼說，沒有一個人有意見——

「這樣不行！我絕對不承認演什麼『魔王』的英雄譚！」

……不，有一個。

是我們班上的異類——席爾菲・美爾海芬。

她一頭紅髮甩動，猛力站起，瞪著我大喊：

「『魔王』的故事，跟莉迪姊姊的故事相比一點意思都沒有！那傢伙做的事情，不就只是用壓倒性的武力欺負弱者嗎！跟他比起來，莉迪姊姊的冒險才是高潮迭起，會讓每個人都看得手心冒汗！」

……啊啊，好想吐嘈，還想同時賞她一拳。

我的半輩子無聊？用壓倒性的武力欺負弱者？

說什麼傻話。我前世的半輩子，隨時都充滿了危機與痛苦。

沒錯——

主要就是妳們這些傢伙害的！

妳和莉迪亞每次每次都搞砸我的計謀，害我增加了多少無謂的辛苦。我的胃已經穿孔好多好多次，最後甚至還搞得有了圓形禿。

妳們看了卻哈哈大笑，而且還……

「嗨禿子，今天你也好光亮啊。」

「你要不要把名字從瓦爾瓦德斯改成光亮如斯啊？這樣比較適合你！」

還這樣瘋狂拿我的禿頭說嘴。

臭傢伙，我可是到現在還在恨呢。

而且妳說莉迪亞的冒險有趣？當然有趣啦，只是在一旁看著的話。可是看在我這個被那笨蛋搞得暈頭轉向的當事人眼裡，根本一點也笑不出來。光是回想都會產生巨大的精神壓力……啊啊，我的胃……！胃好痛……！

「所以呢！我絕對不承認演莉迪姊姊的冒險譚以外的戲碼！主角當然要是伊莉娜姊姊！」

主角是伊莉娜，只有這一點我贊成。我也想看看朋友兼女兒般的她光鮮亮麗的模樣……可是──

「席爾菲同學，說來過意不去，但這次的舞台劇是校長委託，要由我和伊莉娜小姐兩個人擔任主角。考慮到這些情形，我想還是『魔王』的英雄譚比較合適。」

「這種事情我才不管──」

「席爾菲妳閉嘴！不要讓亞德傷腦筋！」

「啊哇！」

被伊莉娜一喝斥，席爾菲眼光含淚地沉默了。

伊莉娜，幹得好。我從不曾像現在這麼覺得妳靠得住。

「……那麼，我想各位同學當中，應該也有人覺得不公平、不服氣，但這次的舞台劇，就演『魔王』的英雄譚……『魔王』就由我來扮演。伊莉娜小姐則照席爾菲同學的要求，扮演『勇者』莉迪亞吧。」

平民臉上沒有不滿，但敵視我的貴族，則發出充滿殺意的氣場。

我可不是自己想演啊。

我沒事幹嘛要跑來演這種美化過的自己？

「……那麼接下來，我們就來討論戲碼的詳細內容吧。」

對此我們並未花上太多時間。

考慮到非得寫出讓我和伊莉娜演出重頭戲的劇本，就必須選擇「魔王」和「勇者」都大為活躍的情節。

這樣一來，就必然會選上討伐「邪神」的故事。

到這一步都還進行得很順利，然而——

「那麼……有人願意扮演『邪神』嗎？」

我這麼一問的瞬間，沉默籠罩住了整間教室。

這也難怪。在這個時代，邪神被描寫成絕對的惡，是汙衊的對象。沒這麼容易找到願意扮演這種角色的人。

據說就連職業的演員也是一樣，每次都用抽籤的方式，來決定由誰來演「邪神」。

我們也效法他們吧。就在我剛動起這個念頭之際——

「真沒辦法。既然大家不想演，就由我來演吧。」

席爾菲嘆著氣，微微舉手。

……這女的，從以前就有這樣的一面。

對於大家討厭做、不想做的事，她會率先去做。

如果只看表面，席爾菲是個擾亂和諧的麻煩製造者，然而……

其實她比誰都更關心大家，想為大家出力。

只是她的行動容易適得其反，才會頻繁地惹出麻煩……

可是，由於知道席爾菲的本質，我對她就是不會討——

「只要演『邪神』！就可以光明正大找你報一箭之仇！劍術課的那筆帳，我會在舞台劇上奉還！」

……一想誇她就會這樣。

不管怎麼說……

關於舞台劇已經討論完畢。劇本就交給發下豪語說很拿手的學生，等劇本寫完，就開始排演。我們做出了這樣的結論。

「好了，關於舞台劇，大家已經沒有意見了吧？那麼，接下來我們來討論擺攤吧……可是，在這之前──」

我必須對同學們說明我和伊莉娜以及席爾菲搞出的事情。

我想多半會有人抗議，還做好了心理準備，只是……

「跟A班對決啊？不錯啊。從以前我就看他們不順眼。」

平民們因為恨貴族的感情而團結起來。

「哼。不管什麼A班不A班，目標當然要放在拿最優秀獎吧。」

貴族們則追求名譽，沒有任何抱怨。這實實在在是個令人高興的失算。

當初我還很擔心大家是否團結，但看來是我杞人憂天了。

「那麼各位同學，關於擺攤，有點子的同學請舉手。」

我一說完，就有好幾個人舉手，然後隨意從中選了一個人。

「利用幻影魔法的遊樂設施如何？」

「哦……可以說得具體一點嗎？」

「就是使用魔法秀出幻覺，讓客人可以體驗『魔王』的人生。可以讓人有種好像自己成了『魔王』的感覺……」

「哼，平民想的就是低賤。體驗『魔王』的人生？想也知道這會構成對『魔王』的不敬吧。」

不，我是完全不覺得有問題。然而這個貴族學生所說的話，似乎足以讓過半數學生接受，所以第一個意見遭到駁回。

之後也有同學提出了各式各樣的主意，但都缺乏決定性……

「哼。真受不了，平民的腦袋實在有限，講不出什麼像樣的意見。」

「啥？你們貴族就有資格講別人？」

熱烈的議論中很容易產生的險惡氣氛，瀰漫在教室內。

就在這個時候——

「亞德，我可以發表意見嗎？」

吉妮一副等到時機成熟的模樣微微一笑，舉起了手。

「請問妳有什麼主意嗎？」

「是。我有個主意，嶄新中又維持傳統，還可以確實提昇營業額。而且而且，還有贏得漂亮營業額的前例。」

喔喔，那不是很棒嗎？

「……既然是薩爾凡家的女兒，會提議那招也就是必然了吧。」

奧莉維亞說得煞有深意。看來她似乎知道吉妮在想什麼。

吉妮提議要擺的攤究竟是——

「性感女僕咖啡館——這才是至高無上又最強的攤位。」

……總覺得這攤位的名稱很聳動耶。

「請問，妳說的這性感女僕咖啡館，是什麼樣的內容呢？」

「問得好！女僕有著一種清純貞潔、不可褻瀆的純白形象。然而，由於她們屬於主人所有，只要主人下令，無論什麼樣的行為，她們都非做不可。女僕這種生物的魅力，就來自於這種矛盾所產生的悖德感，這點相信大家都很清楚。」

不，我一點都不清楚。是誰對女僕有這種想法啦。

「可是呢！我們偏偏在這個環節上！特意往情色方向衝到底！具體來說，就是大膽改造那種典型清純貞潔的女僕裝！刺激男性的情慾！由這樣一群性感可愛的女僕，淫蕩地進行平常做的送餐服務！這就是性感女僕咖啡館！這種攤位是家母在學生時代構思出來，在校慶中舉辦後造成盛況！結果就是衝出了史上最高的營業額！」

吉妮說得起勁，手舞足蹈地講解起來。

「女生穿上改款女僕裝負責送餐！男生負責廚房！順便告訴各位，改款女僕裝的設計，我已經完成了，現在就馬上發給大家！」

吉妮神采奕奕地把紙張發下去。

準備得可真周到啊。她大概真的很想辦這所謂性感女僕咖啡館吧。

總覺得，她就像個孩子一樣，天真無邪地想在活動中玩個盡興，模樣非常惹人憐愛——

我一邊想著這樣的念頭，一邊看了看發到我手上的紙張。

「……不，吉妮同學，這會不會有點太過火？」

上面所畫的款式，和天真無邪可說差了十萬八千里。

首先是上身。這已經不是女僕裝，是泳裝了吧？而且布料面積非常小，一個弄不好，難保不會連該遮的地方都露出來。

至於下半身，更是什麼都沒遮到嘛。裙子太短，內褲完全露出來了。

這就是那回事啊。就是女人為了以最高效率誘惑男人，殫精竭慮想出來的邪念結晶。

不愧是魅魔族，要構思這種事情，無人能出其右。

因此——

「唔，嗯。這、這可……相當不錯嘛。」

「有、有前例這點也是很大的優勢啊，嗯。」

「和先前的意見不一樣，目標族群也很明確。除了這個，應該沒別的選擇了吧。」

男生群好評如潮。

每個人都說得一口大道理，其實只是想看女生穿得性感吧。奇蹟的是，我們班所有女生的外表，都遠遠超出平均水準。只是若要說誰最漂亮，不管別人怎麼說，我都認為是伊莉娜。

這點現在不重要。

至於拿到設計稿的女生有何反應……

「這、這什麼東西！這種東西我怎麼可能穿！」

「女色狼啊！根本女色狼！穿這種衣服的女生，除了變態還能是什麼！」

當然是非難之聲甚囂塵上。

這也難怪。只有這點實在無從實現。說來吉妮是很可憐，但——

「唉，妳們真的是沒搞懂啊。各位聽好了，會來這性感女僕咖啡館的顧客，不是只有校外人士。這間學校的學生，應該也有很多人會來這裡透透氣。」

「所以我才討厭好不好！要是被同校學生看到自己穿這種衣服，我在學校裡就會再也活不下——」

「沒錯，也可以招待同校的學生，這也就表示……可以招待亞德。」

這一瞬間，劍拔弩張的女生們，不約而同變得鴉雀無聲。

「現在在場的女生，應該沒有人會對自己的外表沒有自信吧？大家想像一下吧，想像自己穿著這好～色好色的衣服，接待亞德的情形……只要能夠勾引到亞德，等著自己的會是什麼樣的人生，應該沒有人不懂吧？」

她才剛這麼問完——

「好！我們一定要辦！」

「哎呀，吉妮真是天才！」

「啊啊~我愈想愈起勁了！得馬上去準備決勝內衣才行！」

女生們立刻變得意氣風發，簡直成了一群即將趕赴戰場的武將。

另一方面，男生不分平民與貴族，都對我發出殺意的波動。

你們這些傢伙，就只有為了這種事情才能團結起來嗎？

……坦白說，我個人實在不喜歡擺這種攤，只是……

「也好，那我也贊成吧。」

我說出這句話，席爾菲立刻咬了上來。

「啥啊！連、連你也說這種話……對、對喔，那個『魔王』也是平常裝出一副硬派的樣子，卻是個私底下盡做些色色事情的悶聲色狼……！我看這小子果然是『魔王』……！」

喂，妳這傢伙，別開玩笑了。妳說誰是悶聲色狼啊喂。

妳又看過我什麼了？說我私底下做色色的事情？我是要對誰做啦？

對，沒錯，我身邊的確形成了後宮。

可是啊，這後宮的人，全都是男的。

一個個都是些漢味十足的臭男人。

這樣的我，私底下，到底要跟誰做色色的事情？妳說啊，告訴我啊。

而且，妳明明也知道我當時就是處在那種狀態吧。

啊啊可惡，光回想起來都覺得火大。我滿心想如同前世那樣，把這股怒氣化為拳頭，敲在席爾菲頭上……可是一旦做出這種事，差不多等於自己表明我＝「魔王」。因此我故作鎮定，回答說：

「席爾菲同學，我也不喜歡擺這種不知羞恥的攤。可是，我認為為了抓住勝利，就應該選擇最確實的方法……妳所敬愛的『勇者』莉迪亞，不也說過意思差不多的話嗎？」

「嗚，這、這個，的確……」

「不過話說回來，這款制服我們還是只讓志願者穿。另外，對於不想穿這樣的服裝，但想參加接待顧客行列的同學，也要準備正常的女僕裝。這樣可以吧，吉妮同學。」

「好的，當然可以。」

後半的要求，我是為了伊莉娜而提。

我們家的伊莉娜小妹妹充滿挑戰精神，相信對所謂接待各人這回事也會想挑戰看看。這件事本身很好，非常好。

但就我個人而言，實在不想讓伊莉娜暴露太多給大家看。

我這麼做，並不是出於認為她暴露的模樣只屬於我一個人這種令人作嘔的獨占欲。

只是……該怎麼說，我希望我們家女兒維持冰清玉潔。

「嗚～～～……！也、也是啦，莉迪姊姊也說過，說那些男人全都好色……為、為了獲勝，這也是沒有辦法！我也出一份力吧！」

席爾菲的眼睛裡，多了和她髮色相同的熱情紅色。

對於這樣的她，吉妮則說了一句話：

「……不，妳就不用了，因為妳不構成戰力。」

這句話主要是看著她的胸部喃喃說出。

當事人大概也有自覺吧。

一聽到這句話，席爾菲立刻滿臉通紅，眼眶含淚。

「我、我也絕對會有人氣的！莉迪姊姊也說過貧乳是物以稀為貴！」

不，這是妳捏造的吧。她男女通吃，上過床的女人光我知道的就遠超過一百個，可是她們全都是巨乳喔。而且她……

「我說瓦爾，貧乳是為了什麼活著啊？」

還頻繁地對我講出這種白痴的話。

……不過，不管怎麼說……

「看來這次校慶會很熱鬧啊……」

第二十六話　和前「魔王」準備校慶ＰＡＲＴ３

放學後，傍晚的天空下，我們走在通往宿舍的路上。

今天我很累了。也許是錯覺吧，在校園裡的體感時間也讓我覺得漫長。

這些情形的原因都出在席爾菲身上。

……這樣的她，現在就跟在我、伊莉娜與吉妮身後，視線一直刺在我背上。

我是貫徹不予理會的方針，但吉妮似乎終於忍不下去。

「……席爾菲小姐，妳打算跟到哪裡？」

「那還用說！當然是跟到天涯海角！」

從某個角度來看，這句話倒也像是表白愛意。但很遺憾的，她不是這個意思。

……不，也不遺憾就是了。

「我們正要回我們的愛之巢去。可以請外人離開嗎？」

或許是因為席爾菲敵視我，吉妮對她的態度非常冷漠。

但席爾菲倒也不氣餒，反而對愛之巢這個字眼緊咬不放。

「這、這是什麼意思啦！」

「就是字面上的意思。我們的房間是一起的。」

與其說房間是一起的，不如說吉妮硬把房間打通。從艾爾札德那件事以來，我為了保護伊莉娜，開始和她在貴族宿舍的房間裡同居。然而隔壁房的吉妮粉碎了牆壁，把房間改造成寬廣的三人房。

「一、一起住……！伊、伊莉娜姊姊也一起？」

「那還用說！因為我和亞德是一心同體！」

「啊哇哇！……亞、亞德．梅堤歐爾！你應該沒對姊姊下手吧？」

「我怎麼可能下手？」

伊莉娜是我最重要的朋友，也是她父親託付給我照顧的女兒。

我怎麼可能去玷汙這個比我的性命還重要的少女？

「唔唔唔……！我實在不敢相信……！那個『魔王』竟然沒對伊莉娜姊姊這麼漂亮的美少女下手……！」

我就一直想問妳，為什麼妳會把我當成這種色胚？

要知道我在前世，可是連個像樣女生的手都沒牽過。

雖然跟不像樣的女生（主要是奧莉維亞和莉迪亞）倒是牽過。

「這、這有必要監視！我本來就打算二十四小時監視你！可是聽了剛剛這句話，我就更起勁了！」

「咦～妳也要一起同居嗎～？請不要這樣啦～妳很礙事。而且，那兒可沒有給妳睡的床喔～」

吉妮半翻白眼，說得冷漠。

相反的……

「有什麼關係嘛？多一兩個人，也沒什麼兩樣。而且……如果有席爾菲在，總覺得會很歡樂。」

「啊哇哇！」

相信這句話出乎席爾菲意料。她一雙大眼睛滿是感動的淚水……相信說要監視我只是場面話，一路跟來宿舍真正的理由，是想和伊莉娜交朋友吧。

……如果是這樣，就沒有理由拒絕席爾菲。

不只是跟伊莉娜，我希望她和更多人友好相處。

這樣一來，想必……

因為一再失去重要事物而產生的心靈空洞，也總有一天會填補起來吧。

◇◆◇

看在席爾菲．美爾海芬眼裡，亞德．梅堤歐爾的生活簡直亂到了極點。
光是和兩名少女同居，都已經夠淫靡了，甚至還同床共寢。
這樣不對她們下手才奇怪吧？
女神般的伊莉娜不用說，吉妮也是個非常迷人的少女。
小蠻腰、大胸部加上翹臀，在在散發出席爾菲所沒有的強烈性感氣息。
相信只要是男人，任誰都會下手吧？
（太亂來了……！亞德．梅堤歐爾果然是「魔王」……！）
（是我的敵人！）
她內心不斷強化對亞德的憤慨。
這樣的她，現在……
「呼～～好久沒有泡澡了耶～～」
「一整天的疲勞都漸漸消失～～～～」
在貴族宿舍內部所設的大浴場裡。
和伊莉娜與吉妮兩人，一起泡在浴池裡。

「啊啊～～浴池果然大才好～～最近都只有淋浴，所以讓人更那麼覺得了。」

伊莉娜舒暢的說話聲，漸漸消融在飄散著熱氣的溫暖空間裡。

根據聽說來的消息，她非常喜歡泡澡，但這半個月來都沒辦法用這大浴場。有人說這是亞德的吩咐，然而……知道內情之後，就無法責怪他了。

據說伊莉娜是因為某種理由，被「魔族」給盯上。

因此在宿舍內，她應該要盡可能不離開房間，和擔任護衛的亞德一起待著，所以都將就著在房間裡的小浴室洗澡。

席爾菲覺得她這樣太可憐，直接找亞德談判，結果……

「……也好，而且有妳跟著，應該不會有問題吧。」

於是席爾菲也就得以為這個她當成老大姊看待的少女，提供舒暢的入浴時間。

「差不多該洗洗身體了～～」

「啊，那我也要～～」

吉妮和伊莉娜發出舒暢的聲音，站了起來。

她們嘩啦嘩啦地撥開澡盆裡的水，裸身接觸到空氣。

身材非常完美。兩人都有著豐滿的乳房，腹部卻又適度緊實。看到她們這種模樣……席爾菲把視線落到自己的胸部。

「……不用擔心，接下來才要成長。一定會的。」

席爾菲的心情實非筆墨可以形容。

對於這樣的她……

「妳也來啊。我幫妳洗背。」

丟來的這句話讓席爾菲非常意外，她忍不住「哇！」地驚呼出聲。

「怎樣？妳不要嗎？」

「才、才才才、才沒有這種事！要、要請姊姊多勞煩了！」

席爾菲猛力站起。浴池發出嘩啦一大聲。

三個人一起沿著牆邊走動，坐到浴室用的椅子上。

伊莉娜在席爾菲身旁，拿起掛在扶手上的布，抹上沐浴乳擰了擰。

「今天一整天辛苦妳了。記得妳是第一次過校園生活？」

「是、是這樣沒錯。」

「這樣啊。那一定也會緊張吧。」

伊莉娜一邊溫和地對她說話，一邊用力幫她洗背。

力道有點大，坦白說，會痛。這……和莉迪亞的用力方式一樣。

自己以前就常和亦母亦姊的她一起洗澡。

然後每次她都會幫自己洗背。

「好、好痛啊，莉迪姊姊。」

「給我忍著點。總得用上這點力道，才比較好刷乾淨。」

當時的記憶甦醒……不知不覺間，席爾菲已經陶醉在思鄉情懷當中。

「嗯？怎麼啦？這麼沮喪。」

「咦？啊、啊啊，沒有啦，什麼事都沒有！」

她回過頭看向伊莉娜的臉。伊莉娜睜大眼睛的美麗臉龐，果然和莉迪亞一模一樣……

「伊、伊莉娜姊姊，我說啊……」

席爾菲任由慾望驅使，開口說話。

「我、我們……沒辦法，當朋友嗎……？」

由於曾經遭到拒絕，讓她無可避免地說話變得小聲。

想說這次一定也會被拒絕吧。

可是，她不死心。

她想和伊莉娜當朋友。

伊莉娜和莉迪亞一模一樣，有著一顆耿直的心。

席爾菲想跟這真的真的很棒的她當朋友。

「啥？妳在說什麼鬼話？」

這傻眼似的口氣，讓席爾菲垂頭喪氣。她心想，果然不行啊。

但就在下一瞬間——

「我們已經是朋友了好不好？」

「……咦？」

她睜大眼睛，凝視伊莉娜的臉。

結果伊莉娜一邊用力刷洗席爾菲的手臂與腋下。

「當然啦，敵視亞德，把他說得難聽的人，我的確討厭，會不想跟這個人當朋友……不過，妳是特例。我總覺得不能放著妳不管，而且……」

她說到這裡，先頓了頓，拿起魔導式蓮蓬頭。

以魔石之力加熱的熱水，沖去了留在席爾菲身上的泡沫。

「這是為什麼呢？我莫名覺得妳很惹人疼愛。雖然第一印象糟糕透頂……但現在倒也不會這樣。所以我才會這樣跟妳一起泡澡。」

「姊、姊姊真的……不討厭我？」

「如果討厭妳，我才不會像這樣幫妳洗背呢。」

「妳、妳願意，當我朋友？」

「就～跟～妳～說～我們已經是朋友了好不好？」

看到伊莉娜苦笑著這麼說，席爾菲感動至極。

「哇啊～～～！姊姊～～～！」

「等等，呀！」

伊莉娜被她用力撲倒。

於是席爾菲將臉埋進伊莉娜豐滿的胸部。

「太棒啦！終於，交到新朋友了！哇～～～！」

她的眼淚流得像瀑布一樣。

伊莉娜輕輕摸著她的紅頭髮。

「對耶，記得妳一直失去同伴……最後獨自一個人去跟『邪神』打。妳就是在那個時候失蹤的吧。」

「咦？」

這氣氛不容她吐嘈說自己不記得有這回事。

「妳大概一直在尋求新的伙伴吧……妳的這種心情，我隱約可以體會。」

伊莉娜一邊摸著席爾菲的頭，一邊露出溫和的微笑。

席爾菲在她這充滿母性的模樣裡，強烈地看到了莉迪亞的影子。

「妳已經不再是孤伶伶一個人了。我會當妳的朋友，跟妳在一起。」

「……謝謝妳。伊莉娜姊姊。」

兩人相視而笑。

處在這樣的狀況下……就讓席爾菲好想念莉迪亞。

不知道現在她現在人在哪裡，在做些什麼。

雖然已經過了幾千年，但她總不會死了。

（總有一天，我要把姊姊找出來。然後……）

（跟姊姊報告說，我交到了一個跟她一模一樣的，非常棒的朋友。）

席爾菲神馳於那一刻，柔和地露出微笑。

「……哎呀，我現在存在感有夠薄弱……」

吉妮在她們兩人身旁，以五味雜陳地表情喃喃自語，但誰也沒放在心上。

◇◆◇

拉維爾國立魔法學園。

這裡是拉維爾魔導帝國當中，歷史最悠久，也最傑出的學校。

校地面積的規模大到足以完全收納一個小規模的村莊，校庭上不但有著當然會有的運動場與校舍，還零星散布著有魔導實驗棟與地下迷宮出入口等五花八門的設施。

這樣的學園，現在呈現出一種完全不同於往常的樣貌。

『三年B班正舉辦魔導遊樂設施展！還請各位務必參加——』

『只要各位願意光臨三年C班的攤位，我們將引領各位進入令人目眩神馳的幻想世界中——』

播個不停的校內廣播，消融在喧囂之中。

如今整個校園內，已經呈現出一片商店街似的樣貌。

一般顧客們走向學生們做出的大大小小各式各樣店鋪。

在交錯著快活叫喊聲的空間中——有個異類過於自然地融入其中。

「哼哼，還是人們活力充沛的光景最好。如果不是有這樣一個事前階段，絕望與苦悶也就不精彩了。」

這個人環顧四周，哼哼笑了幾聲。

校內有著許多扮裝的人在行走。在這樣的人潮裡，穿著類似燕尾服的服裝，戴著奇妙面具的他或她，倒也並不顯得格外奇異。

明明實際上是異質到了極點的人物。

而這面具怪客轉著圈圈，踩著跳舞似的腳步，在校內行進——

將他與她的身影，納入眼簾。

亞德．梅堤歐爾，以及伊莉娜．利茲．德．歐爾海德。

看著他們興高采烈地逛著攤位，面具怪客「哦？」了一聲。

「逛得可開心嗎，亞德．梅堤歐爾？啊啊，想必很開心吧。和『許久』未曾交到的朋友共度的一刻，想必非常非常幸福吧。然而……可悲啊，吾還一點都不開心。都是你害的，亞德．梅堤歐爾。你這個人，實在是令人難以捉摸。」

面具怪客哼哼笑著，盯著他們兩人看，喃喃說道。

「你就儘管享受這段幸福的時間吧。啊啊，想想將來，還是這樣最好。這樣正合吾意。畢竟亞德．梅堤歐爾，你的人生——」

「接下來，就只會不斷走下坡路了。」

第二十七話　和前「魔王」開始校慶

校慶的準備進行得順利……其實也說不上順利。

因為A班多方妨礙。他們用非常巧妙的方法來妨礙，讓我們費盡千辛萬苦，然而……

我們勉強讓全班團結一心，克服了困難，順利迎來了校慶。

好了，校慶會持續一週左右，而今天就是第一天。

換做是尋常學生，都會在幫忙自己班上攤位之餘，抽空去逛其他班級的攤位，盡情在校慶裡逛個開心，然而……

我與伊莉娜、席爾菲、奧莉維亞這幾個人，情形就不一樣。

我們知道在這場校慶中，「魔族」有可能引發事件。

為此我們決定分頭在校內巡邏。

「亞德！我們去下一個攤位吧！」

……看在旁人眼裡，多半怎麼看都會覺得我們只是悠哉玩樂，但這是不折不扣的巡邏。

「這冰好好吃喔～！」

「哎呀，伊莉娜小姐，妳臉上沾到糖霜嘍。」

……這是在演戲，假裝玩得開心。只要演成這樣，相信誰也不會覺得我們是在巡邏。

我絕對不是和伊莉娜一起逛攤位逛得開心。

實實在在是為了世人而認真在工作。

……啊啊，只是話說回來，伊莉娜真的好可愛。

慶典的熱鬧，是我們村莊裡所沒有的。大概也就是因為這樣，她才會比平常更稚氣地大肆嬉戲……對我的父性刺激得不是普通厲害。

真的會讓我幾乎對她有求必應。

如果她要我給她半個世界，我會忍不住瞬間交給她。她就是這麼可愛。

而這麼超絕可愛的伊莉娜小妹妹，當然是校園裡大受歡迎的明星。

「喔喔，伊莉娜～！也來我們店裡逛逛嘛！」

「不不不！我們的東西比較好吃啊！」

每一步走在路上，都會有許多學生出聲招呼她。

對於這樣的現狀，伊莉娜開心地露出微笑。

「……總覺得，好像在作夢。我從來沒想過，像這樣和大家一起和睦相處的時刻，竟然真的會來臨。」

然後她看著我，笑瞇瞇地說：

「我覺得打從認識亞德以後，我的人生就變了。之前我一直把自己關在家裡……還以為自己到死，都會孤伶伶一個人。」

這也難怪。考慮到她的血統，對人生絕望是當然的。

她有著「邪神」的血統，在這個時代是最受歧視的對象。因此她這輩子總是一直活在不安當中，擔心即使交到朋友，等到有一天自己的真面目被拆穿，就會被這些朋友拒絕。

「可是，我不是一個人。畢竟有亞德陪我……而且我開始能夠覺得，說不定還會有人像亞德一樣，即使知道我的一切，仍然願意接受我。所以，我現在非常幸福……這一切都多虧了亞德，真的，謝謝你喔。」

伊莉娜露出迷人的微笑，讓我變得有些難為情。

「……妳說這是什麼話呢？我什麼都沒做。這一切都是妳自己的人望帶來的。人望高的人身邊，自然會聚集一群人，而且彼此間的關係會變得堅定。這實實在在就是世界運行的道理。」

或許是因為難為情，讓我說話速度變得有點快。

伊莉娜似乎察覺到這點，嘻嘻笑了起來。

……這一刻非常平靜，有種酸酸甜甜的感覺。

如果不發生「魔族」騷動，就這麼太平無事，讓我能夠就這麼和她共度快樂的時光，那該有多好。我由衷這麼覺得。

話說，之後我仍和伊莉娜逛著校慶，繼續巡邏……

我們踏進了學校的大廣場。

這大廣場名符其實是個開闊的空間，並未開設任何一個攤位。

至於說這是為什麼，是因為這裡被視為一個神聖的場所。

「不管什麼時候看，這棵大樹都讓我有種不可思議的感覺耶。」

伊莉娜瞇起眼睛，小聲說道。

大廣場正中央的大樹——這裡被視為神聖場所的理由，全在於此。這棵高大得需要仰望，威風堂堂的大樹，正式名稱叫做「劍王樹」。

「記得傳說裡記載，第三代拉維爾……人稱劍聖大王的人物，將某種特別的東西封印在這裡。結果長出這棵大樹，守護著封印的事物……對於這裡到底封印了什麼感到好奇的，應該不是只有我吧。」

我朝站在身旁的伊莉娜瞥了一眼。

她點了點頭，但又雙手抱胸，歪頭思索。

「我也很好奇這件事，可是，連爸爸都說不知道。」

她是這個國家裡真正的王族。而她父親懷斯就是真正的國王，照理說應該掌握了全國的所有機密事項。

如果說連這樣的人物都不知道……說不定，其實不是什麼大不了的東西。

不過話說回來，我還是有種不舒服的感覺，看來最好還是提防點。

那些「魔族」盯上的，也不會只有伊莉娜一個人吧。

就在我打起精神，注視著大樹的時候……

轟──────！

盛大的爆炸聲敲打耳膜。

我和伊莉娜都以為是「魔族」來犯，露出戒心，看向聲響傳來的方向。

結果──

「你這傢伙────────────！太可疑啦你！乖乖給我束手就縛！」

「咿咿咿咿咿咿咿咿咿！請、請不要這樣！饒了我吧！」

……映入眼簾的是笨蛋鬧事的光景。

看到她舉著迪米斯·阿爾奇斯，對一名中年發福的男性大聲嚷嚷，我們嘆了一口氣。

「眼前——」

「就先去聽笨蛋……不，失禮，我是說聽聽席爾菲同學說什麼吧。」

於是我們走過去。

「請問，席爾菲同學，妳到底在做什麼呢？」

「啊，亞德和姊姊！這傢伙是『魔族』！錯不了！」

「不不不不不！妳倒是說說看我做了什麼啊！」

「你看起來就可疑！像你這樣的傢伙，差不多都是『魔族』！給我乖乖露出真面目！」

「咿咿咿咿咿咿咿！放、放下妳的劍！拜託！」

吵吵鬧鬧了一陣，只見奧莉維亞趕了過來，大概是聽見騷動了吧。

結果中年男性跑向她，躲到她背後。

「奧、奧莉維亞大人！請救救我！有個腦袋有問題的少女誣賴我，還想殺我啊啊啊啊啊啊啊啊啊！」

奧莉維亞露出「啥？」的表情，然後她看著我們問話：

「……喂，給我說清楚這是怎麼回事。」

我們一說明完狀況，奧莉維亞就重重嘆了一口氣。

「……他不是『魔族』，是我常去的套餐店店員。他炸的薯條是一絕，我還曾經拜他為師。因此他的身分由我來保證。」

原來是這樣啊……等等，慢著。拜他為師？拜套餐店店員為師？

妳好歹也是四天王之一，卻為了要人教妳薯類的炸法就拜師？

我正為了老姊對薯類的痴狂覺得有點不敢領教，席爾菲就臉上冒出冷汗。

「我、我是不是又搞砸了？」

之後，席爾菲被奧莉維亞狠狠訓了一頓，眼眶都含淚了。

「唉……妳不用再參加巡邏了。是我判斷錯了。」

奧莉維亞露出頭痛的表情，盛大地嘆了一口氣。

然後——

「……實在是好死不死，偏偏在這個地方鬧事。就連我這次可也嚇出了一身冷汗。」

她喃喃說完，視線望向大樹，眼神中有著畏懼的神色……

「請問奧莉維亞大人對那棵大樹是不是知道些什麼？」

問題自然而然地脫口而出。

奧莉維亞露出像是猶豫的表情，但也只有一瞬間。

她搖搖頭，轉身背向我們。

「……關於這件事，即使是對你們，我也不能說。」

「換句話說，也就表示這件事就是這麼重大？」

奧莉維亞並沒有回答這個問題，就這麼離開了。

「『劍王樹』……就如先前伊莉娜同學所說，的確會讓人有種不可思議的感情呢。」

既覺得有些懷念，但同時……也覺得有點令人毛骨悚然。

我們就這麼凝視這棵「劍王樹」好一會兒——

第二十八話　和前「魔王」有意外的發展

到頭來，除了席爾菲鬧出的騷動之外，第一天平安無事地結束了。

接著過了一夜，校慶第二天開始。

今天也有著神清氣爽的萬里晴空，燦爛的太陽照亮地面。

比起第一天，上門的客人有增加的傾向，盛況只增不減。

這樣的情形下，我獨自一人四處巡邏。從今天起，基本上我們會單獨行動。我們吩咐席爾菲在班上的攤位內待命，所以她的空缺就得由伊莉娜彌補。當然了，我們隨時有人看著她，一有什麼狀況，就會有人來聯絡。

只是話說回來，現階段那些「魔族」並未顯露任何存在的跡象。

事先送來的威脅信，會是造假或憑空恐嚇的嗎？

我心中懷著對他們動向的疑惑，在校內巡邏。

巡著巡著——

「唉～要排一個小時，真的假的？好麻煩啊。」

「這也沒辦法吧。畢竟低價提供用了高級食材的餐點，這種事可沒這麼容易遇到。」

「就是說啊～也好，就隨便聊些什麼慢慢等吧。」

這些喧喧嚷嚷的聲浪，撼動著耳膜。

朝聲音傳來的方向看去，就看到有個攤位大排長龍。

緊接著，我理解到先前聽到的那幾句話，其實充滿了想入非非。

他們不惜排隊一小時以上也想進去的店，名稱叫做——

比基尼少女咖啡館。

他們想要的根本不是什麼高級食材。他們來這裡想滿足的不是食慾，是性慾。

至於這個跟我們班攤位像得不得了的攤位是誰在經營——

「哎呀呀？這可不是大魔導士的公子嗎？您來這兒有何貴幹啊？」

思考之際，顯然蘊含了汙衊之意的說話聲傳了過來。

是A班的學生們。

他們五個人都是貴族，站在一起，朝我投來充滿敵意的視線。

「……沒有什麼理由。只是巡邏途中，湊巧經過這裡。」

聽到我們回答，他們的頭目嗤之以鼻。

「誰知道呢？低賤的平民，只怕是來偵察我們的攤位吧？」

我們的攤位——他說得沒錯，比基尼少女咖啡館，是A班在經營的。

大膽盜用我們班的構想……如果只是這樣倒還沒有問題，但根據我聽到的消息，他們還僱用了第一流的大廚來烹飪，作為員工的少女們，也是從王都精挑細選過的美人。

「……只是話說回來，A班的各位同學，對資金運用似乎很有一套。」

校慶的攤位，必須在發給各班級的準備金範圍內籌措。

如果想推出講究點的攤位，只靠準備金就會不夠，也就有必要增加金額。

因此我們班也透過了預購等等的方式，讓可用資金加倍，只是……

考慮到A班的攤位情形，可以估計他們把準備金增加到了八倍左右。

「這麼短的期間內，各位是如何得到這麼充足的資金，還請務必見告呢。」

「哼，區區的平民，就算知道貴族的資金運用法也是白搭。」

他開口嘲笑，但悠哉的臉上流下了一行冷汗。

實在很好懂。這等於是自己招供出他們違規灌水資金的事。

「……那麼，我還要巡邏，告辭了。」

「你們儘管拚吧。雖然不管你們怎麼掙扎，我們的勝利都不會動搖喔。」

那是一種顯然看扁了我們的笑容。我背對這樣的笑，嘆了一口氣。

稍微查一查，應該隨隨便便都能抖出一大堆問題。這樣一來，就能夠逼得他們被褫奪參

加資格。可是……我特意不這麼做。

我要維持現在這種對對方有利的狀態，繼續比賽，而且要贏。

不這樣就不痛快。

……看來我也有點熱中起來了。

腳步自然而然地走向我們班的攤位。

性感女僕咖啡館。這間招牌好懂得無以復加的店，排出的人龍絲毫不遜於A班的店。

「嗯，看這樣子，要進去得花上不少時間啊。」

我本想查看大家的工作做得如何，但看這樣子是不方便啊。

我對A班那些傢伙也說過，我在巡邏中，不能花那麼多時間停留。

光是能夠親眼看到這盛況，就該慶幸——

「唔喔喔喔喔喔喔喔喔喔！你這混帳東西搞什麼鬼啊啊啊啊啊啊啊啊啊！」

……耳熟的笨蛋喊話聲音轟動四周後——

一道黃金色的洪流穿破店面的牆壁，勁射而出。

計畫變更。我明知這樣沒規矩，但還是插了隊，一邊對排隊的人道歉，一邊走進店裡。

這一瞬間，一名少女映入我的眼簾。

是身穿高暴露度改款女僕裝的笨蛋……席爾菲。她人矮卻拚命踮高身段，對一個客人舉起聖劍迪米斯・阿爾奇斯，大喊：

「你這傢伙喔喔喔喔喔喔喔喔喔！剛剛摸了我的屁股吧啊啊啊啊啊啊啊啊啊啊啊！對色狼就要給予死亡制裁啊啊啊啊啊啊啊啊！」

「咿咿咿咿咿咿咿咿咿咿咿咿咿咿咿！」

總覺得昨天也看過類似的光景。

……不管怎麼說，我插手鎮壓住了這場笨蛋的騷動，對違規的客人宣告拒絕往來的處分，請他離開。

至於被這個笨蛋轟出來的大洞……也沒有別的辦法，於是我就用魔法修理好了。

「好、好厲害……！簡直像把時間倒轉回去……！」

「竟、竟然連時間都能控制，亞德同學真不是蓋的……」

「啊啊，好想跟他結婚……！深深想跟他結婚……！」

穿著改款女僕裝的女生們送來熱烈的視線。

「……我沒做那麼了不起的事情，只是調整了一下治療魔法。這點小事，各位同學都能學會的。」

我先這樣辯解後，好好訓了席爾菲一頓。

確定她充分反省後，我嘆了一口氣。

「那我就先告辭——」

「請不要說這種話！你難得來了，還請務必接受我們的款待！」

吉妮面帶陽光的笑容走過來，勾住我的手臂。

然後順勢將自己豐滿的乳房壓向我的手臂……手臂埋進膚色雙丘的模樣，以及隨之而來的極佳柔嫩感開始侵蝕理智。因此——

「我、我明白了。那麼，我只待一下……」

我情急之下，忍不住脫口而出。

吉妮露出令人感到有點黑心的微笑，說道：

「那麼各位！我們就照訓練進行！妳們最好想成今天這一役就會決定妳們能不能進亞德的百人後宮！」

「「「Yes, Ma'am！」」」

簡直像是訓練有素的軍隊。

不只是沒在忙的女生，連正在應付客人的女生們都放棄了職務，以流暢而精準無誤的動作躍動起來。這一切都是為了款待我……然而這些女生的臉上就是充滿了氣魄，讓我連「不能丟下客人不理吧」這句吐嘈都說不出口。

她們簡直就像一群等著獵殺獵物的肉食猛獸。

「首先是問安！預備～！」

「「「歡迎主人回來！」」」

所有人一字排開，整齊劃一地行禮……會去強調隨重力垂向地面的乳房，想必是故意的吧。換做是平常，這情色的模樣多半會讓我不由得產生些許情慾，然而……

「接著是帶位！」

「「「Yes, Ma'am！主人，這邊請！」」」

所有人都眼睛布滿血絲，有夠可怕。我覺得自己就像被人扔進了一群肉食猛獸當中。

她們的模樣的確充滿了情趣……但我的性慾之所以會不受刺激，大概是因為她們的算計完全顯露了出來吧。

「「「請問主人要點什麼餐呢！飲料？吃飯？還是點、我、呢？推薦的菜色是我喔！主人！」」」

「……那就麻煩給我飲料。一杯柳橙汁。」

「「「好的！要特濃鮮奶是吧！請享用我們的胸部！」」」

「誰點這種東西了啦！」

大批女生用胸部來擠壓我全身。

這已經是一場名為款待的狩獵。

就在這一片瘋狂的情景中，大概是出於命運的惡作劇，伊莉娜進了店裡——

「妳、妳妳妳、妳們這是在做什麼啦————！」」

「我們在服侍主人，有什麼問題嗎？」

她和吉妮脣槍舌劍了一番後。

「服、服侍主人這點小事，也難不倒我！」

她說著就消失到店的後場，過了一會兒後……

「怎、怎麼樣？好看嗎？」

大概是要跟吉妮較勁吧。伊莉娜身披改款女僕裝，走了過來。

她一露出這模樣，店裡的男生們就歡聲雷動。

改款女僕裝是按照以前吉妮拿給大家看的設計稿製作而成。

上半身融合了極小比基尼與女僕裝，款式嶄新又前衛……

讓伊莉娜白嫩的肌膚與長得豐滿的乳房，都大膽地露了出來。

只差一點就會看見該遮的地方。她就處在這麼危險的狀態。

相對的，下半身則已經什麼都沒遮。裙子有和沒有差不多，柔嫩的屁股與丁字褲幾乎全都露了出來。

……看到她這樣，我真想把這些彎腰的臭男生眼睛一隻隻都鑿穿。爸、爸爸可不許妳穿得這麼不知羞恥啊！

「伊、伊莉娜小姐，去、去穿正常的女僕裝來。」

「不要！我要穿這樣服侍主人！」

「可、可是，妳穿這樣，不會難為情嗎？」

我這麼一說，伊莉娜就微微紅了臉，把目光從我身上撇開。

然後忸忸怩怩地磨蹭著大腿。

「這、這又沒什麼好難為情的。反、反而是……被、被綁走以後，我……被人看見裸露的模樣，該怎麼說，就會覺得舒服……」

她說的綁走，應該就是指艾爾札德那次吧。

……那個時候，她被剝成全裸，肌膚在許多「魔族」面前暴露出來。

看來她就是在那個時候，養成了奇怪的性癖好。

……對於造成這種事態的原因，也就是艾爾札德與「魔族」，我心中萌生了無上的恨意。

尤其是艾爾札德。等下次遇到她，我一定要拿她來血祭。

「伊、伊莉娜姊姊，好、好色情啊……！嗚嘿、嗚嘿嘿嘿嘿……！」

某個笨蛋也似乎眼看就要打開不妙的門，但這一點也不重要。

……於是——

「送餐和服飾全都由我來！你們給我退開！」

「伊莉娜小姐，妳這樣太高壓了！亞德是大家的主人！這點還請妳理解！」

「「「就是啊，就是啊！」」」

「啊啊，真的好煩！亞德是我的！是我一個人的主人！」

「各位同學，吵架不好！所、所以……我們各讓一步，由、由我來服侍主人……可以吧？」

「不，席爾菲小姐什麼都別做，乖乖在一邊等著，最能幫我們的忙了。」

「啊哇哇！」

性感女僕咖啡館裡，好一陣子都瀰漫著少女們聒噪的喧囂聲。

……結束這場名為服侍主人的戰爭後，店內總算漸漸恢復平靜。

接著等到上門的顧客人數慢慢趨緩。

「亞德，不好意思，可以借一步說話嗎？」

吉妮來找我說話。如果她有著期待戀情的表情，我應該就會拿巡邏當理由拒絕……但她的表情很認真。

我表示答應後，就任由她帶領，去到了後場。伊莉娜與席爾菲從後跟來，但吉妮默認她們的行動，並沒多說什麼。接著我們進入位於後場的員工休息室。除了我們以外沒有別人在場，形成了什麼事情都能談的場面。

「……關於和A班的營業額比賽，如果不採取對策，我想我們班肯定會落敗。」

「咦咦！」

聽吉妮表情不安地說出這句話，席爾菲驚呼出聲，伊莉娜也一樣露出為難的表情看著我。

「唔，妳的這種預測，是以什麼為根據呢？」

「是。我好幾次派人去偵察……很遺憾的，不管是女生還是餐點的品質，不得不說A班兩方面都在我們之上。而這個結果也直接反映在顧客人數上。」

「也就是說，現階段雙方的營業額已經產生差距了是嗎？」

「這、這這這、這樣不行！要、要怎麼辦……！」

「具體來說，有多大的差距？」

「精確的數字實在沒有辦法得知，不過……我估計對方的營業額，應該是我們班的一點五倍左右。」

嗯，看來差距相當大。

「得、得想點辦法才行……！啊，對、對了！只要在演舞台劇的時候，宣傳一下我們班

的店，不就可以了嗎？這樣一來，客人一定會變多！」

「是啊。席爾菲同學說得沒錯，我們有舞台劇這個場合可以用來宣傳……只是話說回來……」

「A班那些人，肯定也料到了這一點吧。」

「是，肯定如此。所以，他們一定會準備某種王牌來因應。」

因此我們也必須再準備下一步的對策。

「……這個時候，我看還是只能讓傳統又可靠的性感猜拳節目復活了。」

就在吉妮吐出了這奇異字眼的時候——

『校內的各位師生！今年的劍王武鬥會又要來了！獻給第三代拉維爾王御魂的劍客慶典！今年我們也不分校內校外，廣為徵求參賽者！參賽者報名就到本日午時二刻截止，還請各位欲報從速——』

校內廣播連這休息室也聽得到。一聽到這廣播，席爾菲就碰響椅子站起。

「就、就是這個啊啊啊啊啊啊啊啊啊啊啊啊啊！」

她就像個得到上天啟示的智者，仰向天空吶喊：

「大家一起出場劍王武鬥會！憑我們的實力，一定會很活躍！然後，每次開打，都要幫店裡宣傳！」

嗯，在古代世界，我們也做過差不多的事情啊。讓每天在競技場打鬥的鬥士們，穿上有著商會等組織團體名稱的服裝，作為活廣告。席爾菲的意見就很類似這些手法。

而這個方法，也確實會創造出相當大的利益。

「這主意不錯啊。而且我也正打算參加。」

伊莉娜露出懷念過往似的表情。

「爸爸以前也曾經參加過。當時的爸爸好帥氣呢。他捧著冠軍獎品那把聖劍複製品的模樣，真的好上相……」

「聖劍的複製品？那是什麼？」

對於我的提問，吉妮給出了回答。

「聽說是第三代拉維爾王賜下的寶物。說第三代拉維爾王崇拜『勇者』莉迪亞，打造出她所佩聖劍的複製品，作為國寶。」

……是她的聖劍啊。雖說是複製品，但我還是看都不想看啊。畢竟那把劍是……

「然後呢，說是他在本校創建之際，期盼能有著有資格握住聖劍的人來到，於是將聖劍的複製品，交給了這間學校保管。」

「……這麼寶貝的東西，拿來當冠軍獎品沒關係嗎？劍王武鬥會不分校內外人士都可以參加吧？這樣一來——」

「對。也可能讓外人奪冠，帶走國寶。」

我說到一半，不知道何時走近來的奧莉維亞插了嘴。

「可是，那把複製品有古怪。棘手的是，沒多久就會回到這間學校……就好像在尋求能收納自己的劍鞘。」

聽她的口氣，彷彿希望這把劍被外人帶走，永遠離開這間學校。對此我十分好奇，但從她的模樣看來，應該不會肯告訴我真相。

「不管怎麼說，今年的劍王武鬥會，我也表明會參加。」

「這可不得了……等於是已經確定冠軍人選了吧。」

劍王武鬥會是一種只用劍術與身體功能強化魔法來對決的大賽。

在這樣的規則下，這世上根本不存在打得贏奧莉維亞的人。

她本人對此就最為自負，為什麼還表明參加——

「不對，我會不會奪冠還不知道。因為……亞德．梅堤歐爾，你也要參加。」

「……啥？」

突然被塞了這麼一顆巨大的炸彈，讓我忍不住不假思索地出聲。

「不、不對不對不對，您在說什麼呢，奧莉維亞大人，我根本沒說——」

「不好意思，我已經幫你寫了報名表，自己幫你送交了。」

看這女的給我做了什麼好事。

「可、可是，這個，我對於誇示自己的力量——」

「囉唆，誰管你啊。如果你堅持不出賽……我就要針對某個案子單方面認定結果，你無所謂嗎？」

這、這娘兒們……！

所謂的某個案子，多半就是指——我是不是「魔王」的轉生體這件事吧。

這也就是說，要證明自己的清白，唯一的方法就是參加大賽，而且要有足以揮去奧莉維亞疑念的表現了嗎……！

「哼哼哼哼，好期待啊。到了這個地步，總算可以做個了結了啊。」

奧莉維亞露出的笑容實在太美，讓我差點忍不住吐了出來。

對於這樣的她，我的冷汗流個不停。

「既然亞德參加，那我也參加吧。如果在比賽裡對上了，還請把手把腳地教我劍術喔♡」

「……教劍術只是幌子，其實妳只是想趁機做色色的事情吧。」

「哎呀，伊莉娜小姐，妳這麼說可就把人想得太壞了。」

「是嗎？你們魅魔族就是個一年到頭都只想著色色事情的變態種族，實在不能相信。」

「……我說呢，伊莉娜小姐，妳要說我壞話是無所謂，但可以請妳別侮辱我們整個種族

嗎？」

「我才不管～我明明只是說出事實啊。」

兩人之間迸出火花。

「對了，記得在上次的對戰裡，我們就沒分出勝敗啊……這次我會把妳打得落花流水，妳認命吧。」

「有本事儘管試試看啊，妳這淫亂魅魔。」

兩者全身發出劇烈的鬥氣，在彼此之間碰撞。

然而現在的我，根本無心去管她們的這種樣貌。

只有某一句話在我腦海中永恆不滅似的迴盪。這句話就是——

為什麼會變成這樣？

第二十九話　前「魔王」的精湛演技

拉維爾國立魔法學園，有著大得離譜的遼闊校地面積。

校庭內甚至有著大型的競技場……我一直心想，那種東西幾時用得到，但看來是為了提供劍王武鬥會使用。

而現在，很遺憾的我也和其他參賽者一樣，在等候室待命。

即使收容將近百人，仍不顯狹窄的這個房間中央設有巨大的水晶，鏡面似的表層映出了會場上的情形。

這是最新的魔導科學所創造出來的影像播映機器。聽說是。

水晶鮮明地映出了坐滿全場的眾多觀眾，以及帶動這股熱度的主播。從這盛況來看，葛德校長現在想必一臉樂不可支吧。

『好的，今年又到了劍王武鬥會開辦的日子！規則與比賽內容，都和往年沒有兩樣！參賽者可以運用的，就只有劍技與強化身體功能魔法！一旦使用其他魔法，就會立刻被褫奪參賽資格！』

講解完規則後，主播開始講解即將開始的大會進行日程。

『本日將要進行的，是第一天的淘汰賽式預賽！這個預賽分為八組來進行！只有各個分組的冠軍，能夠得到將在校慶最終日進行的會內賽出場資格！』

預賽似乎要分為三天來進行。要想在一天內比完，多半也是辦得到……但分成好幾天才能大賺門票錢，相信就是出於這樣的盤算吧。

『競技規則、大會進行日程，以及冠軍獎品，這一切都和往年一樣……可是各位來賓！請放心！今年各位將不會有任何一點時間覺得千篇一律！原因很簡單……今年的參賽者當中，足足有著三位破格的人物！』

聽到主播這番話，心裡有底的幾個人，表情微微有了改變。

首先是站在我身旁的伊莉娜。她得意地挺起胸膛說：「是在說我呢，哼哼。」真的好可愛。

然後是在離我們有點距離，背靠著牆，雙手抱胸，進行冥想的奧莉維亞。

她一副受不了的模樣嘆了一口氣。

而最後……

「講什麼破格，這麼誇我也不會有什麼好處啦～～」

席爾菲笑瞇瞇的，像是在靦腆……然而——

『破格的人物當中的兩位，就是就讀本校的那兩位！沒錯，各位也都很清楚的大英雄之子與千金！他們將先前「魔族」引發的事件導向解決，這次到底又將如何活躍呢，真讓人滿心期待！然後——最後一位，竟然！竟竟、竟然是那活傳奇！是所有劍士的始祖，也是頂點！沒錯——就是四天王！奧莉維亞・維爾・懷恩大人啊啊啊啊啊啊啊啊！』

場內一瞬間籠罩在寂靜中，隨即爆出了雷動的歡聲。

觀眾的熱度固然驚人，而在等候室等待的鬥士們也一樣熱度大增。

「奧莉維亞・維爾・懷恩……該不會，真的是本人？」

「竟然能向那位劍聖挑戰……！這是至高無上的榮譽……！」

奧莉維亞一身承受所有鬥士的熱量。相信對她來說，這種狀況早已是家常便飯。她的眼睛仍然閉著，冥想的架勢沒有絲毫改變。

……至於在另一頭，擅自滿懷期待，而這份期待適切遭到辜負的席爾菲……

「咦？我、我呢？欸，我呢？」

「……打起精神來吧。總有一天一定會遇到好事的。」

伊莉娜體貼地安撫著眼眶含淚、全身發抖的席爾菲。

……好了，開場白全都結束後，預賽的第一天，終於正式開幕。

許多參賽者站上大舞台，較量劍技。其中也有多位高手大師，然而……其中最受矚目的

有四個人。巧的是，全都是自己人。

首先，再怎麼說都是這一位。

「唔喔啦啊啊啊啊啊啊啊啊啊啊啊！」

沒錯，就是伊莉娜。她是個從幼時就受我指導的才女，魔法的本事不用說，劍術也已經達到高手的境界。

這樣的她，輕而易舉地拿下勝利，進軍翌日的預賽第二天。

接著第二人是……

「亞德～～！你在看嗎～～！我打贏了呢！」

她在倒地的對手身旁，對我比出V手勢。

是魅魔族少女吉妮。

她的對手似乎相當有本事，我本來還以為她肯定會陷入苦戰，沒想到……

她完全顛覆了我的預測，輕輕鬆鬆拿下了勝利。

和第一次見到的時候不一樣，吉妮的臉上已經沒有絲毫怯懦。看這樣子，相信也能夠打進奪冠行列。

而第三人果然……

「啊啊啊啊啊啊啊啊啊哇啊啊啊啊啊啊啊啊啊啊啊啊！」

是笨蛋——更正，是席爾菲。關於她呢，該說打贏是理所當然嗎？

別看她那樣，她可是活過那個時代的人。從剛懂事後被莉迪亞收養，之後就一直作為她的徒弟不斷戰鬥。她年紀雖小，戰鬥經歷卻十分輝煌……如果她當時繼續留在軍中，想必已經達成了誅神的偉業。

否則莉迪亞也不會沒事找事，把聖劍託付給她。

搞不好，她才是首席冠軍候補。

……而最後不管怎麼說，都是她吧。

「唉，果然很無聊啊。」

也就是我老姊——奧莉維亞・維爾・懷恩。

她威震全世界，是知名的史上最強劍士。這個評價絕對不誇張，事實上，她多半就是空前絕後的劍士。

雖然由於「魔素」低落，比起全盛期是已經大幅劣化……但在這個時代，仍然是所向無敵。

對手似乎也是知名的劍士，但大概是在展開對峙的同時，就看出了彼此間有著令人絕望的實力差距，一招未出就宣告投降。

結果奧莉維亞並未出手，就得到了勝利。

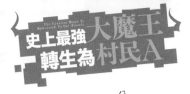

……最後是關於我自己，只是……如果我在這預賽就打輸，肯定會被認為是故意放水。

因此我演出了不痛不癢的戰鬥內容，進軍翌日的比賽。

如果要打輸，應該要在會內賽。對上伊莉娜或吉妮，然後落敗，這才是理想的劇本……

不過反正大意志很討厭我，大概不會讓我順心如意。

不管怎麼說……

劍王武鬥會的第一天，並未發生任何問題，就這麼過去了。

為參加大賽這出乎我意料的事態所苦的第二天。

今天，校慶第三天，我希望能夠平安無事地度過，只是……多半還是很難。

畢竟今天是舞台劇公開上演的日子。

「我、我演的角色戲份少……可、可是，還是會緊張耶。」

吉妮在後台，一邊聽著觀眾們的呼聲，一邊冒著冷汗。緊張的不是只有她一個。全班不分平民或貴族，大家都一樣心浮氣躁。

……尤其是……

「我、我我我我、我要、要要要、要不要緊啊啊啊？」

「不、不不不、不要緊，這、這這這，這種小事，我、我我、我們就好好玩個開心吧。」

堪稱本劇三大台柱的角色其中之二，飾演反派與女主角的兩人顯得最為動搖。

伊莉娜與席爾菲。兩人都流出瀑布般的冷汗，全身持續進行快得會發生殘像的高速震動。

「……妳們兩位，還請先冷靜下來。不需要想著要演得完美，或是要回應觀眾的期待這樣的事情。兩位都是只要在場，就能讓整個場面變得華麗。因此，兩位只要唸出準備好的台詞，大概比手畫腳演一演，整齣戲就會演完。所以，還請妳們放輕鬆……」

「就、就就就、就是說啊！亞、亞亞亞、亞德說得、說得、說得、得得得得……」

「放、放輕、放輕鬆了、了了了了！謝、謝謝、謝謝你、你你你你……」

沒救了。

我擔心得無以復加。如果可以，我真希望開始的那一刻永遠都不要來。

然而，時光殘酷地過去……開幕的時刻終於到了。

劇本就照當初的計畫，是一段描寫「魔王」與「勇者」這兩名主角，剿滅「邪神」之一——阿維亞·迪薩·維爾斯的故事。

「如、如果，聽得見我說話！就、就站起來奮戰！我不許你們死心！」

激勵受到敵軍猛攻而陷入半潰敗的我軍。伊莉娜演的是這樣的場面。

開幕前我擔心得不得了，但目前進行順利。

而席爾菲也是一樣。

「哼、哼哈、哼哈哈哈哈！你們這些下等生物，儘管嚇得連滾帶爬逃竄吧！」

台詞雖然唸得死板，但像武打場面之類的就演得很完美。也許該說真不愧是連腦袋都用肌肉構成的少女吧。相信她不管處在什麼情緒下，身體就是自己會動起來。

真希望就這麼順利演到結束。

……只是話說回來……

「看我大顯神威殺出血路！跟上本『魔王』！」

好、好難為情……！這比想像中更難為情……！

我到底是造了什麼孽，搞得非得來演被美化過的自己不可！

「呀～！亞德大人好帥～！」

「簡直就像真的『魔王』！超帥氣的！」

我演到一半，一直聽到嬌聲尖叫漫天交錯……

我說啊，真正的「魔王」在臨戰時，可根本沒有任何帥氣可言。

……啊啊，一演起來，就讓我不由自主地回想起來。

「邪神」……也就是那些當時被稱為「外界神」的傢伙之一——阿維亞．迪薩．維爾斯。

討伐這傢伙的事情始末，我永遠也忘不了。

「外界神」一個個都有著異常到極點的能力，跟他們的戰鬥，從來沒有一次不發生悲劇。

每次和他們戰鬥，我們都一再失去重要的事物。

在和這些宿敵的漫長戰鬥歷史當中。

這場阿維亞・迪薩・維爾斯討伐戰，更是另類到了極點。

那已經是很久以前的事了。為了打倒在荒野中坐擁城池的那個男人，我們先包圍城堡，架設結界，做好了讓敵人無路可逃的準備之後，開了軍事會議。

參與的成員，包含莉迪亞麾下的軍隊與我軍的主要成員，一共有十二名。

每個人都是以一敵千的怪物，要孤身攻陷大國都是手到擒來。我一邊讓視線在這樣一群人身上掃過，一邊開口說：

「……起手就和平常一樣，我和莉迪亞打頭陣，收集敵方的情報。對這點有意見的舉手。」

對此立刻表示反對的……是當時十二歲的席爾菲。

「姊姊的背後沒辦法交給你保護！所以由我來——」

「囉唆，妳閉嘴。」

聽見莉迪亞這令人膽寒的喝斥，席爾菲全身一震。

換做是平常的莉迪亞，絕對不會對疼愛的小妹說出這樣的話。

她的精神狀態就是已經被逼得這麼急了。

這也難怪。莉迪亞也在和他們的戰鬥中，一再失去重要的事物。

換做是平常的戰事，這女人會胡搞一通，把我的計謀搞得亂七八糟，然而……在這個時候，她終究懂得察言觀色。

「可、可是，姊姊！」

「……我叫妳閉嘴，妳沒聽見嗎？」

莉迪亞的表情在說，她敢再說話，就要靠實力讓她閉嘴。

席爾菲見狀，露出難過的表情，眼眶含淚。

……之所以用這種嚴厲的方式說話，其實是出於莉迪亞的愛。都說得這麼嚴厲，相信就連席爾菲也不會再亂來。就結果而言，就會降低失去她的機率。

這種冷淡全是出於對小妹的愛。但這個時候的席爾菲比現在還小，多半掌握不到莉迪亞的真心。

「我也……我明明也……！」

她低下頭，留著眼淚，顯得非常懊惱。

我很想對她說幾句話，但我連這時間也沒有。我們深入敵陣，根本不知道敵人什麼時候會攻來。因此我狠下心，進行會議。

「我們戰鬥的時候……維達，妳要分析敵軍，把每一個角落都分析透徹。」

「了解～！我好雀躍呢～！嘎哈哈哈哈！」

四天王之一，頭腦在我軍當中數一數二的少女詭異地笑了。

「奧莉維亞，妳負責因應各種不測的事態。如果我們被打敗時，維達還沒找出對策，就由妳頂替我。」

「……好，包在我身上。」

她鄭重點頭，張開原本閉著的眼睛，模樣實實在在是個身經百戰的武將。

「萊薩，你負責後方支援。支援我和莉迪亞，又或者是奧莉維亞。方法交給你決定。」

「得令。」

他強而有力地點點頭。這位統領四天王的老將，實實在在是我軍的幕後功臣。只要有他在，我就可以放心上前線。

……接著，我望向了他。

「阿爾瓦特，你……就隨你高興，儘管在戰場上衝鋒陷陣。」

我這麼一說，他那絕世美女般的容貌，就扭曲成了瘋狂的笑容。

「哼哈，你也愈來愈懂得怎麼用我了嘛。既然如此，我就遵從主上的命令，盡情享受這至高無上的地獄吧。」

這個人本來是敵人……投降我軍的理由，就是為了殺我，要待在比誰都更接近我的地方。這個人完全不能信任，但實力值得信賴。因此我才會把他放在四天王的位子上。

相信這個戰鬥狂，這次也將在戰場上大顯身上。最後……

肯定會做出剿滅敵人的極佳行動。

然後，我正要開口對莉迪亞的部下告知部署安排……結果就在這時──

『哈哈，你們這些螻蟻之輩很努力嘛。』

說話聲在我們腦子裡迴盪。沒錯，是敵人的說話聲。

『我就好心等到明天中午，你們儘管仔細商議。還有……趁今天晚上，去吃喜歡吃的東西，有情人的儘管抱個夠。因為到了明天，你們就再也沒這機會啦。哈哈哈哈哈哈哈哈哈！』

笑聲迴盪良久……然後消失。

之後，我們就如敵方所說，仔細商討，然後解散。

之後我獨自待在帳內過夜時──

「我、我說啊，瓦爾。可以，說幾句話嗎？」

難得席爾菲以不乾脆的態度走進來。

「怎麼啦？我還以為妳一定是跟莉迪亞一起過呢。」

「我也……很想這樣，可是……姊姊她，很緊繃……」

「唔，根本不敢靠過去是嗎……那為什麼來找我？」

我問出這個問題，席爾菲握緊了拳頭。

「我……真的沒辦法代替姊姊嗎……？會議上她吩咐我做的事，也是在後方待命……你、你們兩個，覺得我派不上用場嗎……？」

她的一雙大眼睛滿是眼淚，眼看隨時都會哭出來。

「我也……我也能打的……！我才不會拖累你們……我明明就是為了保護大家，才變強的……！」

這些話像是不由自主地脫口而出。

……平常我對她還挺辛辣的，只是呢……

這個時候，我實在不忍心再這樣。

「……當然肯定妳了。我和莉迪亞都很肯定妳。」

「那麼，為什麼？為什麼就只有我不能上前線？」

「那是因為不想失去妳。尤其莉迪亞更不想……這件事她要我別說，不過都這個時候了，說了也無所謂吧。」

我先這麼說完，然後看著席爾菲的眼睛說：

「莉迪亞她啊，想培養妳當她的接班人。由我看來，也希望她那批軍隊的下一任領導者

是妳。妳跟莉迪亞一樣，脾氣暴躁又笨，可是……能像妳那樣如此願意為別人努力的人，可沒幾個。所以，我們才不能讓妳死。」

這番話讓席爾菲顯得十分驚訝。臉上的表情述說著她沒想到我們這麼為她著想，但或許因為年紀太小，她似乎還是有那麼點不能接受。

「可、可是……我也想上前線……對莉迪姊姊……順、順便對你，也多幫上點忙！」

想幫上我的忙——這是她第一次說出這樣的話來。

……每次每次，她都動輒找我決鬥，讓我覺得這笨蛋好麻煩。但她就是有這樣的一面，所以我始終無法真的討厭她。

對她而言，剛剛那句話似乎很令人羞恥，只見她一副後悔說出這句話的模樣低聲嗚嗚叫，臉變得像蘋果一樣紅。

我對這樣的席爾菲微微一笑，走向她瘦小的身軀，摸了摸她的一頭紅髮。

「也好。合適的時機，妳就儘管去做自己想做的事。說不定，事後會被莉迪亞罵……到時候我會護著妳。妳想怎麼行動，就儘管去做，責任我來扛。」

「瓦、瓦爾……！謝謝你！我會努力！」

她哭著抱住我的身體。我摸著她的背。

「不過，妳可要把自己的生命安全放在第一。要是妳死了……我也……這個，會有點沮喪。」

講出這種連自己都覺得不像自己會說的話，讓我紅了臉。

……當時我還覺得慶幸，能夠溫馨地這麼談完，只是……

我作夢也沒想到，我那時說的話，會引發那樣的事態。

……翌日，敵人說到做到，過了正午，就孤身從城堡裡出來，和我們對峙。

阿維亞．迪薩．維爾斯——他身披紅色鎧甲，威風凜凜的模樣震懾全場，一般人光是直視他的身影，就會當場昏倒。

如同預料，在他出現的同時，我軍與莉迪亞軍戰力都受到了重大的打擊。

打都還沒打，就已經是這副慘狀。這場戰事，想必也會是一場劇烈的死鬥。

我們就在這樣的預感當中，繃緊了神經。

「哼哼，你們過去似乎多次屠戮我的同胞，不過……你們勢如破竹的進擊，就到今天這一天為止了。」

他以確信自己會獲勝的模樣這麼說完，下一瞬間，手上就爆出雷鳴般的閃光與巨響。然後……

「聖劍迪米斯．阿爾奇斯。我就用這把我所擁有的最強寶劍，葬送你們吧。」

這無異於神的怪物，舉起黃金色的大劍。

「來吧，你們這些螻蟻之輩，我來告訴你們什麼叫做真正的絕望——」

就在他老神在在踏出一步的時候——

劈里！

我正心想，怎麼會跑出這種突兀的聲響。

下一瞬間，敵人腳下顯現出巨大的魔法陣……

轟隆～～～～～～～～～！

伴隨一陣幾乎震破耳膜的巨響，阿維亞・迪薩・維爾斯全身被爆焰吞沒。

每個人都張大了嘴，看著眼前的光景。

等到熱量開始消退。

「嗚、嗚嗚……這、這是……」

我們看見敵人盔甲破爛的身影，更加張大了嘴。

就在這個時候——

莉迪亞猙獰地一笑，展開了衝鋒。

「唔喔啦啊啊啊啊啊啊啊啊啊啊啊啊啊！」

「咦，等、等……嗚嘎啊啊啊啊啊啊啊啊啊啊啊啊！」

敵人所受的傷害似乎相當大，無法躲開莉迪亞揮出的聖劍，連人帶著一身紅色鎧甲，被一刀兩斷……而阿維亞・迪薩・維爾斯的末路……

「離、離譜……！我、我竟然會……！會死得，這麼愚不可及……！」

雖然是敵人，但實在令人覺得……

「嗚嗚嗚嗚……！懊、懊惱啊……！我懊惱得要發狂……！」

可悲到了極點。

「哼哈哈哈哈哈哈哈哈哈！成功啦！我成功啦！我的陷阱，對『外界神』造成重大打擊啦！」

不知不覺間，席爾菲來到我身旁，得意地挺起她平坦的胸膛。

……換做是平常，這種時候，我會大大讚賞這個人的功勞，可是……

當對象換成席爾菲這個少女，就另當別論。

『唔唔唔唔……！席爾菲・美爾海芬！看妳做的好事！難得的一場大架這可不都沒得打了嗎！』

相信阿爾瓦特一定非常期待這次的戰鬥，只見他美麗的臉孔因憤怒而扭曲，走了過來。

「妳要怎麼安撫我熱血沸騰的身體！既然這樣，主上，就由您來……」

就在這個時候——

劈里！

又是一聲奇妙的聲響……接著，阿爾瓦特的腳下展開了魔法陣。

下一瞬間，就和先前一樣，竄出了爆焰。

過了一會兒，等高熱能量開始消退。

我軍最強的戰鬥狂，狼狽地全身燒焦，仆伏在地。

「「「主、主公啊啊啊啊啊啊啊啊啊啊！妳、妳這傢伙，竟敢——」」」

就在阿爾瓦特所率領的這一群腦袋有問題的戰鬥狂集團，踏上一步的同時。

劈里、劈里、劈里、劈里、劈里劈里劈里劈里。

接著——

轟隆～～～～～～～！

他的部隊也幾乎都以與焦屍無異的模樣仆伏在地。

看到這樣的狀況，我臉頰抽搐，轉身面向席爾菲。

「……我說，席爾菲啊，這陷阱是妳安排的嗎？」

「正是！哼哼！這次最大的功臣就確定是我了！」

「嗯，也對，妳說得對。可是，在這之前，有個問題我想問清楚。」

「哎呀？是什麼問題呢？」

「……陷阱設在哪些地方，妳應該都記清楚了吧？」

「啥？你好笨喔。這種事情我怎麼可能全部記得？因為我就是把戰場上的每個角落都設了陷阱，數目可不是只有一兩千個。就連我也不可能記住那麼多──」

「哈哈哈哈哈！哈哈哈哈哈！是嗎是嗎？那麼席爾菲啊……妳可不可以教教我這個笨蛋，我們該怎麼離開這裡？」

「啊，這、這個，就是……用、用點拚勁──」

「最好是這樣就行啦，妳這笨蛋啊啊啊啊啊啊啊啊啊啊啊啊啊啊啊啊啊啊啊！」

於是我一如往常，往這笨蛋的腦門，賞了一記特大號的拳頭。

……之後，直到我們脫離戰場為止，展開了一段壯烈的故事後，我軍有三分之二陷入癱瘓……坦白說，損害是前所未有的大。

「真正的敵人就是自己人……以前的兵法家曾經留下這樣的話……但我從不曾像這次這麼深深體認到這一點啊……」

我累得虛脫地這麼說，身旁則有著哭喪著臉，瞪著我的席爾菲。

「嗚、嗚……咿！……太、太過分了……這樣對待，最大的功臣……！而且明明就是你說責任由你來扛的吧……！你騙了我……！你這邪魔外道……！」

她腦袋上已經腫起了很多包，而且大概是被打個沒完沒了的屁股在痛，走路的模樣也變得很怪。

「……妳還抱怨？看來妳完全沒在反省，那就再加三組奧莉維亞的地獄折磨全餐——」

「對不起啦啊啊啊啊啊啊啊啊啊啊！我在反省！我真的在反省啊啊啊啊啊啊啊啊啊啊啊啊！所以不要再打啦啊啊啊啊啊啊啊啊啊啊！」

聽到她這眼淚灑得像噴泉一樣而發出的靈魂吶喊，讓我深深嘆息。

……而莉迪亞來到我身旁，在我肩膀上輕輕戳了戳。

「可以饒過她了啦。雖然出了很多狀況，但不也就是多虧了席爾菲，才一個人都沒死嗎？」

「唔……」

「這應該已經是奇蹟水準了吧？想想過去的情形就知道……我這個妹妹喔，真的是，每次每次都很會搞些有意思的事情出來。」

莉迪亞這麼說完，疼惜地往席爾菲頭上摸來摸去。

「哼、哼哼，還是莉迪姊姊懂得什麼叫做賞罰必信！」

「……莉迪亞，妳對這丫頭真的太寵了。別讓笨蛋得寸進尺。」

「哈哈，現在稍微寵她一下，有什麼關係嘛。」

說著莉迪亞讓她一頭美麗的銀髮在風中搖曳。

「我說啊，席爾菲，妳——」

就在我一邊陶醉在過往，一邊演戲的時候。

我把意識從腦中播放的過往光景，拉回到現實。眼前發生了這樣的事態。

「嗚……呃……呃……」

即將演到打倒「邪神」的大高潮之際。

該說台詞的席爾菲，完全停下了動作。

從她的樣子看來，台詞已經完全被她拋出了腦子。

突然停住的戲，讓觀眾漸漸開始交頭接耳。

「席、席爾菲……？」

伊莉娜小聲呼喚她，但她本人只以動搖的表情眨著眼睛。

她完全陷入了恐慌狀態。相信現在的席爾菲，腦子正漸漸變得一片空白。

觀眾們充滿疑惑的視線。

後台則有班上同學們傳來擔心的視線。

各式各樣的視線，逼得席爾菲的心走投無路，恐慌益發嚴重。

實實在在是一種惡性循環。

……真拿這丫頭沒辦法。她說她修行了三年左右，但還是很需要人照顧。

這個笨蛋，仍然是那個糊塗的「小妹」。

「怎麼啦，『邪神』！你怕了我這『魔王』，連話都說不出來啦？哼，原來你這傢伙是這麼軟弱的敵人嗎？」

席爾菲，如果妳還沒忘記那個時候。

「『邪神』啊，你——你是我肯定的對手。所以，你要有自信。（妳是我肯定的女人，所以，妳大可滿懷自信。）」

妳就該想起她（莉迪亞）說過的話，振作起來。

她在那個時候，不就在滿天的晚霞下，對妳這麼說過嗎？

「妳已經夠厲害了。」

「可是，妳有點太賭氣。」

「妳不用覺得想幫上大家的忙，覺得非保護大家不可。妳不必背起這種重擔。」

「這種事情，還輪不到妳來扛，儘管交給我們。所以啊，妳——」

「『什麼都不用想，想做什麼就去做。這樣一來，一定會順利。』」

聽到這句話，席爾菲睜大了眼睛——

然後嘻嘻一笑。

「我怎麼可能會輸給你這種傢伙啦啊啊啊啊啊啊啊啊啊啊！」

她喊出劇本上沒有的台詞，做出劇本上沒有的行動。

接下來的一切，都是即興演出。

席爾菲想怎麼行動就怎麼行動，我和伊莉娜幫她圓場。

簡直就像那個時候。

舞台劇變得混沌到了極點，但觀眾們似乎反而開始看得起勁。

一陣超越在先前之上的雷動歡聲中，沒有劇本的舞台劇繼續演下去，接著——

「唔喔！我、我打輸了……！可、可是，我一定會再回……啊唔！」

席爾菲已經完全就只是在演她自己。

然而，儘管是這樣收場。

全場盛大的掌聲與聲援卻良久不散，彷彿永遠不會結束。

舞台劇結束後。

我們回撤到後台後，席爾菲立刻過來找我。

她的臉微微泛紅，似乎是對接下來要說的話覺得難為情。

這種時候，她總是一直不開口，所以要由我來催她說下去。

「辛苦了，席爾菲同學。妳最後的即興演出非常棒。」

「嗯、嗯，謝謝你……全都……多虧了你。」

「哪裡哪裡，沒有這種事情。一切都是靠席爾菲同學的實力。」

「……你真的很體貼呢。跟他……不對，他姑且是有那麼一點點，真的就只是那麼一點點……體貼。」

席爾菲似乎在懷念過往，露出平靜的微笑，低頭說：

「這次也給你和伊莉娜姊姊添了麻煩。真的很對不起。」

她認真道歉的模樣，讓全班同學都瞪大了眼睛。

這時，伊莉娜豁達地笑了。

「妳在說什麼啊～！多虧了妳，最後我和亞德都演得很開心！哪裡有添什麼麻煩，反而我們才想對妳道謝呢！對吧，亞德？」

「伊莉娜小姐說得沒錯。我也真的演得很開心。相信觀眾們也都感受到了我們的開心。這次的成功，是多虧了妳啊，席爾菲同學。」

席爾菲鞠躬而低垂的頭猛地一震……

她轉過身去，不讓我看到她的臉。

「就、就是啊！這次最大的功臣是我！那、那我去巡邏一下！啊啊，真的好忙啊！」

說著席爾菲跑了出去，我一直看著她的背影。

……這丫頭還是一樣好懂。

我這樣想著，笑了笑。

◇◆◇

傍晚時分。席爾菲慢慢巡視被橘色的夕陽照亮的校內。

她的心中洋溢著幸福感。

亞德・梅堤歐爾。伊莉娜・利茲・德・歐爾海德。

這兩個人的身影，一直停留在她腦海中。

尤其是……一想到亞德・梅堤歐爾，就覺得胸口一陣雀躍……

那和她過去在莉迪亞身上感受到的感情，是相同的。

「……我明明給他添了那麼多麻煩，他還對我那麼好。真沒想到我還能再遇到這樣的人。」

她一邊喃喃自語，一邊回想舞台劇的來龍去脈。

那個時候，她忘了台詞而陷入恐慌的時候。他對她說的話，就和以前莉迪亞對她說過的話一模一樣。

大概也就是因為這樣，她才會在他身上，看到了莉迪亞的影子。

可是……不管怎麼說，他就是亞德。不是莉迪亞。

「莉迪姊姊，真的，妳現在在哪裡啊？……如果今天的舞台劇有很多人聊起，是不是姊姊就會聽到？到時候……妳就會……」

就在她正要說完「來找我」這幾個字之際。

她看見了一名甩動白銀色頭髮的女性背影。

「姊、姊姊……！」

席爾菲自然而然挪動腳步，跑向這名女性。

「姊姊……！是姊姊……！就是啊，她那麼喜歡慶典……！只要是有慶典……又有我在的地方，她怎麼可能不來！」

席爾菲熱淚盈眶。

三年來，她一直好想見她。

尤其最近，更是想見得不得了。

因為有很多事情，都想跟她報告。

「姊姊！」

接著席爾菲對她喊了一聲——

而看到她轉過來的臉，席爾菲瞪大了眼睛。

「……？請、請問，找我有什麼事嗎？」

認錯人了。儘管頭髮顏色相同，但這個人並不是莉迪亞。

盛大的失望，從席爾菲身上奪走了表情與言語。

接著沉默持續了一會兒，銀髮女性以彷彿看見了什麼噁心事物似的眼神看向席爾菲，過了一會兒，從她眼前離開了。

「……哈哈，我真像個笨蛋。」

她微微眼眶含淚，轉而自制。

她就這麼仰望著暮色漸濃的天空，喃喃說道。

「我好想妳喔，姊姊……」

第三十話　前「魔王」與魅魔族少女

結束一場重頭戲，另一齣重頭戲也進行得很順利。

到了這個地步，就愈想愈覺得，那「魔族」的犯罪預告說不定也只是虛張聲勢。

到今天，校慶已經進行到第五天。包括今天在內，校慶期間只剩兩天。我衷心期待校慶可以平安無事地迎來尾聲。

就如我剛才所說，校慶已經舉辦到第五天。到了這個時候，來賓們的注意力，似乎也會從攤位轉移到劍王武鬥會上。競技場上滿場的歡呼與熱度，也比先前更加高漲。

今天的比賽進行到了預賽淘汰賽的最終階段，多半也成了帶動觀眾熱情的要因。各分組展開了高水準的戰鬥，順利地逐一確定誰能進入到會內賽。

自己人當中，伊莉娜、席爾菲，以及奧莉維亞，都已經確定打入會內賽。

非常遺憾的，我也打進了會內賽。

還沒確定的，只剩吉妮一個，只是……

我們坐在觀眾席上看著比賽的情形，看到的是她滿身瘡痍的模樣。

「嗚、嗚嗚……！」

她用自己的劍身，去格擋對方不開鋒的雙刃劍。就在刀劍互擊的同時，她嬌小的身軀就像紙片似的當場被掀飛。對手的力氣大得非比尋常。

這次吉妮對上的對手，是和奧莉維亞同樣被視為冠軍候補的高手。

兩者的實力差距，大得看在任何人眼裡都是一目了然……應戰的她自己，也開始顯得怯懦。

……不行啊，這樣下去肯定會輸。怯懦會將僅剩的最後一點機會都沖走。站在我的立場，從很多方向來看，也希望吉妮能夠晉級。所以——

「吉妮同學！現在這時候要死心還太早了！妳很強！妳的實力，絕對不輸對手！不要放棄希望，要奮戰到最後！」

我全力扯著嗓子呼喊。結果，大概是她聽見了我的喊聲，表情顯然變了。從先前那像是已經氣餒的表情，變得充滿灼熱的鬥志。

「喔喔喔喔啊啊啊啊啊啊啊啊啊啊啊！」

吉妮發出燃燒靈魂似的咆哮，往前衝刺。

無論被打飛、倒地幾次，都絕不放棄地戰鬥到最後，結果——

大概是她的奮戰讓對手膽怯了，只見對手的身法微微一亂，露出了破綻。

吉妮自然不會放過這出現在眼前的絕佳良機。

「喝！」

在尖銳的呼喊聲中閃出的劍光，捕捉到了對手的頸子——一劍擊暈了對手。

『比、比賽結束啦啊啊啊啊啊啊啊啊啊！令人意想不到的大逆轉！打進會內賽的，是無名的英才！吉妮．芬．德．薩爾凡選手啊啊啊啊啊啊啊啊啊啊！』

隨著主播的吶喊，觀眾席上掀起了這一天最盛大的歡呼。

吉妮沐浴在觀眾龐大的熱量中。她在場上東張西望……找到我的身影後，在她稚氣未脫的美麗臉孔上，露出迷人的微笑，朝我一鞠躬。

舞台劇再加上劍王武鬥會。不枉我們在這兩個重頭戲節日不斷宣傳我們班的攤位，性感女僕咖啡館連日大排長龍。

當初我們在營業額上，被A班拉出了相當大的差距，但靠著宣傳效果，如今戰況已經逆轉。只要照這樣下去，我們班的營業額多半會微微超越A班。

然而……

「這樣好嗎，吉妮同學？妳這個活招牌離開店裡，不會影響營業額嗎？」

我一邊走在洋溢著來賓活力的校庭內，一邊向身旁的吉妮問起。

「不要緊的～而且除了我以外，還有那麼多漂亮的女生。何況……即使輸給A班，也只會讓伊莉娜小姐離開校園。坦白說我豈止沒有損失，反而還只有好處。」

吉妮露出黑心的微笑，發出哼哼的邪惡笑聲。

……我最近在想，說不定這女生相當黑心。

「不過這種事情就別提了！今天我們就好好享受這場校慶約會吧！」

她嬉鬧似的笑著，勾住我的手臂。

眼熟的學生制服胸口處，大膽露出的巨乳包夾住我的手臂。這兼具柔嫩與性感的光景，將熱氣帶到我的臉上。

美麗的少女侍立在身旁，四周投來羨慕的眼光。這實實在在就是我前世學生時代裡，心目中描繪的理想校慶過法之一。

我一邊感動，一邊和吉妮一起去逛各種攤位。

逛著逛著，就有許多來賓與學生，都如出一轍地指著吉妮說：

「喂，你們看，她就是打倒了那個大劍豪的女生喔。」

「真的假的？看起來實在不像啊。」

「真沒想到吉妮會打進會內賽耶。」

「總覺得她最近好猛啊。和以前不一樣，變得很強，而且……外表也變得更漂亮了。愈來愈有光環了呢。」

走在路上一再聽到這樣的讚賞，讓吉妮臉上露出了……與得意相反的表情。

稚氣未脫的美麗臉孔上，嘴唇緊閉，被桃色頭髮遮住的眼睛，有著陰鬱的神色。

「……問你喔，亞德。我……真的改變了嗎？」

聽到透出強烈不安的這句話，我正要回答時——

『各位來賓！校庭西側的特設舞台上，即將舉辦由三年C班主辦的選美比賽！比賽接受臨時報名，無論是否有意報名，都請過來共襄盛舉！』

校內廣播搶走了我說話的機會。

「選美比賽……」

吉妮喃喃說完，抬起本來略微低垂的頭，看著我說：

「亞德，問你喔，如果我說想參加選美比賽，你會吃醋嗎？」

她的聲調中摻雜了玩笑與期待，讓我一時間不知道該怎麼回答才好。

吉妮拋頭露面，容貌受到讚賞。我想像著這樣的光景，腦海中浮現的感情……就只有喜悅。換做是獨占欲強的人，或許會如吉妮所說，讓心中萌生嫉妒。也許會覺得，本來只屬於自己一個人的她，卻變得必須和其他人共有。然而，對我來說吉妮是朋友……

同時也有著師徒關係，讓我有一半像是把她當成了女兒。

我毫不隱瞞地說出了這樣的想法，吉妮就露出了有幾分開心，又有幾分落寞的表情。

「……我……想參加選美。」

「這沒問題……只是我必須巡邏，所以沒辦法看到妳的好表現……」

「不、不要，可是！選美會有很多客人來看！既然這樣，那些『魔族』不也就會盯上嗎！所以我想來看選美應該也會是『巡邏』的一環吧！」

吉妮拚命訴說，想說服我。

「……我想讓亞德看我。這樣……不行嗎？」

她這種眼看隨時都會哭出來的模樣，真有人狠得下心拒絕嗎？

「……我明白了。我會好好看著吉妮同學的活躍。」

也是，她的說法並非完全沒有說服力。相信選美比賽也的確會聚集人潮，不至於算不上是巡邏的一環。

我下了這樣的判斷，吉妮開心地對我微笑：

「那我們馬上過去吧！要是趕不上報名，可就沒戲唱了！」

吉妮拉著我的手奔跑。

她的臉上，有著摻雜期待與不安的複雜心情。

選美比賽就如名稱所示，是一種對女性的容貌做出評分，排出名次的比賽。

搭建在校庭西側的舞台上，報名參賽者依序一一上台，對客人展露笑容，或是擺出性感的姿勢，誇示自己的美貌。

『八號參賽者！梅莉小妹妹（十二歲）的女豹姿勢！這是多麼惹人憐愛！這就是萌的極致啊！』

拿著麥克風的多半是一名三年級學生，只見他不斷地帶動氣氛。

主持人是男生，評審也是男生。觀眾也幾乎全都是男生。

因此周圍的熱度十分驚人，粗豪的歡呼聲始終不斷。

一群女生沐浴在一群臭男生充滿齷齪慾望的視線裡。她們的臉上都有著不少優越感……但接著出現的少女臉上，就沒有這樣的神色。

不只是沒有優越感，她的臉上像是欠缺了所有的情緒。

『現在登場的是十八號參賽者！莉莉絲啊啊啊啊啊啊！她身穿清純的女僕裝，但這不是在Cosplay！是她的工作服！她是侍奉高貴家族的女僕，所以各位觀眾，請千萬別打她的主意！真的會受到慘痛教訓，真的！』

主持人喊得心有戚戚焉，這個叫莉莉絲的女生也配合他的呼喊，時而轉身，時而擺出奇怪的姿勢。她這麼做的時候，臉上也沒有任何情緒，讓我有一種相當不可思議的印象——

「唔喔喔喔喔喔喔喔喔喔喔！莉莉絲妹妹好萌啊啊啊啊啊啊啊！妳是全世界最可愛噢！Lovely！Lovely！莉、莉、絲！超絕美少女莉、莉、絲！」

一道格外大聲的呼喊，撕開了粗豪的歡呼聲……總覺得有點耳熟啊。

呼喊的人物在喊話的同時，還跳出奇妙的舞蹈……他那粗胖的圓滾身體每次一有躍動，都有大量的汗水從他的胖臉灑向四周。

我對這張簡直像個白饅頭似的臉……果然不陌生。

……這小子，該不會是——

我心中萌生了強烈的問號。為了解決這個疑惑，我走向了瘋狂舞動的饅頭。

「這位同學，你該不會是……艾拉德同學？」

「啥啥！幹嘛噢！不要跟我說話噢！我現在正忙著為莉莉絲加油——」

他一副被打擾的模樣看過來……

「噗、噗嘎啊啊啊啊啊啊啊啊啊！」

接著發出與外表很搭調的豬一般的慘叫。

從這反應看來是錯不了，這小子肯定就是艾拉德。

……外表也變得太多了吧，再怎麼說都太離譜。

「我聽說從那場決鬥以來，你就把自己關在宿舍房間裡……看樣子你過得很不養生啊。」

艾拉德本來的長相，說得難聽是像爬蟲類，說得好聽則是野性的美形，但現在他全身肥滋滋的，看不到半點過去的影子。

艾拉德全身冒出冷汗。

「我、我我我、我沒做任何壞事噢！是真的噢！所、所以請不要殺我！」

上次的事似乎對他造成了相當大的精神創傷，只見艾拉德擔心受怕地跟我保持距離……他說話的口氣也變得好多啊，搭配上外表，簡直判若兩人。

「請放心，我來這裡是為了看朋友上台演出，會遇到你完全是巧合。」

「是、是噢……」

他這才完全放心似的鬆了一口氣。聊著聊著，女僕莉莉絲的時間已經結束，從台上離開。

「啊啊！已、已經結束了噢！莉莉絲妹妹——！妳最棒喔喔喔喔喔喔喔喔喔喔喔！」

艾拉德手放在嘴邊呼喊，結果莉莉絲回過頭來……露出了些許微笑。看到她的這種表情變化，艾拉德也開心地笑了。

「……說來失禮，但我真有點沒想到。你竟然會支持別人……而且，還是聲援自己的女僕，甚至還為她的活躍而歡喜。」

「……我在你們面前表現出來的樣子，全都是演戲噢。這才是我本來的樣子噢。從小我

就被灌輸一種觀念，要我不可以讓人看扁了公爵家……所以，我才會每次都採取那種粗暴的態度噢……到了現在，就覺得以前的我，真的很傻噢。」

艾拉德自嘲地說著。雖然不知道他所處的環境與心境有了什麼樣的改變……但一陣子沒見，現在的他已經不再是以前那種好懂的反派貴族。這點千真萬確。

「而且，你說的朋友，該不會是……」

這句話說到一半，似乎就輪到她上場了。

『好了，接著上場的是十九號參賽者！本校一年C班的吉妮學妹登場啦啊啊啊啊啊啊啊啊啊啊！』

吉妮在主持人的喊聲中，走上舞台。

也許是主辦方準備的服裝，她穿著與頭髮同為桃粉色的比基尼，模樣非常性感……讓場邊的男生們，都不約而同送出比之前更熱烈的聲援。

吉妮在舞台上散播笑容，擺出尺度邊緣的姿勢。

該怎麼說呢，她的這種模樣，透出了一種超乎必要之上的拚命。

她為什麼會對這樣的活動這麼投入？

我無法理解她的真意，正歪頭納悶。

「……這樣啊。她也想要改變啊。」

艾拉德看著吉妮，悄聲喃喃自語。

「想要改變……是嗎？我倒是覺得她已經變了。」

「……也對，我知道你在照顧她噢。所以相信她一定變強了，也得到了各式各樣的東西。這我看一眼就知道了噢。可是……被深深刻在內心深處的自卑感還沒消失……雖然造成她這自卑感的元凶講這種話，也實在是愚不可及。」

艾拉德露出自虐的苦笑，嘆了一口氣。他的臉上，有著深沉的後悔。

「……你之前為什麼會霸凌吉妮？如果說你現在這樣才是本性……看起來實在不像是會欺凌別人的人。」

「……這你就太看得起我噢。我只是個人渣。我明明知道霸凌她，會對她的人格產生什麼樣的影響，卻還是輸給了自己的軟弱。我是個無藥可救的醜陋混蛋。」

艾拉德再度嘆氣，望向遠方，開始述說：

「她……吉妮的家族，代代侍奉我們家族，有一半像是在當我們的肉盾。吉妮家的人，代代都有著保護我們家的使命……吉妮以前就擔任我的護衛，隨時待在我身邊。」

「所以兩位從小就認識了，是吧。」

「對。只是我們的關係說不上是友好。從那個時候起，我就被灌輸作為公爵家長子該有的言行舉止。要我對王族以外的人說話都要高姿態，絕對不能被小看，要把其他人都當成螞

蟻之類的東西就好……坦白說，這不合我的個性噢。可是，我很怕老爸。當時的我，沒有不聽話這條路可以選。」

「…………也就是說，貴族也有貴族的苦惱了。」

「哈，沒那麼了不起噢。就只是一個軟弱又糊塗的小鬼害怕爸媽，一直扭曲自己而已噢……當時的我，因為一直扭曲自己，又受到雙親沉重的壓力，所以壓力很大。在這種時候，第一次交到我手上的小跟班，就是吉妮。第一次見到她時，她真的是什麼事情都做不好……反而讓我覺得我得保護她才行，但儘管心中這麼想，我卻還是對遲鈍的她很不耐煩。」

於是不知不覺間，自己開始攻擊她。

艾拉德告解似的繼續述說：

「我嘲笑吉妮，在身心兩方面都霸凌她……讓我心中的壓力漸漸消失。所以，我明知這樣不好……卻還是一直輸給了誘惑。我為了逃避壓力，霸凌吉妮，逼得她無路可逃……在她身上留下了到現在都還沒消失的，一種叫做自卑感的詛咒。」

舞台上的吉妮仍在散播笑容，誇示她豐美的肢體與稚氣的美貌。她的表情豔麗……但還是讓人覺得有點拚命。

「……簡直像是掙扎著要破殼而出啊。我這種人講這樣的話是不太對……但我放心了。」

「放心……是嗎？」

「對……我每一天每一天，都覺得非得停手不可，但我就是沒辦法停手。所以……我很感謝你。多虧你那個時候打得我一敗塗地，才有了這樣的契機。有了不管是對我還是對她來說，都能促成我們改變的契機……吉妮似乎就因為這個契機，正在往好的方向前進。所以，我放心了。她的詛咒，已經漸漸在消失。只要繼續下去，想必有一天……」

「……她也許是這樣，但你的詛咒呢？……你心中這些名為罪惡感，以及自我厭惡的詛咒，有望解開嗎？」

「哈哈，那就不可能了噢。我想，我肯定一輩子都要背負這些。」

艾拉德露出苦笑，然後直視吉妮。

他的眼睛瞇得像一條線那麼細，彷彿是被耀眼的光照得難受。

「……我還沒能對她好好謝罪。當時我對她的道歉，根本算不上道歉。只有當我能夠誠心誠意面對她，真誠地對她低頭……用某種形式補償我之前對她的所作所為——到了那時，道歉才算結束。到時候……我的詛咒也才能夠解開。可是……」

我就是辦不到——艾拉德這麼說著，搖了搖頭。

「我會怕。我不敢面對她。雖也覺得事到如今哪還有臉見她，可是……該怎麼說，就是會有一種沒辦法用言語形容的恐懼支配我的心……我想，你大概不可能會懂這種感覺吧。」

「……不會的。因為我也背負著大同小異的東西。」

我在艾拉德身上，看到了現在的自己。

不敢面對自己犯下的罪行。不敢面對該道歉的對象。

……和我一樣。所以──

我到現在，還沒辦法告訴席爾菲「那件事」。

「……我本來以為，你只是個得天獨厚、令人看不順眼的傢伙，沒想到你也挺辛苦的啊。」

他似乎對我產生了親近感，眼睛裡有了平靜的神色。

但這也只有一瞬間，隨即又以充滿自我厭惡的眼神看向吉妮說：

「選美比賽的結果，跟已經確定了沒有兩樣啊。我本來打算從觀眾席上，祝福捧著冠軍獎盃的莉莉絲妹妹……不過像我這樣的傢伙，不應該留在這裡。」

艾拉德這麼說完，就快步離開。

彷彿想逃開吉妮。

他說得沒錯。

吉妮獲選為選美比賽的冠軍，捧起了豪華的冠軍獎盃。

而現在——

她拿著獎盃，走在我身旁。這樣走著走著……

「喂，你看她，是她耶，選美冠軍。」

「是喔～真不是蓋的，有夠漂亮的。而且胸部又大。」

「好想跟她交往啊～……她旁邊那傢伙怎麼不去死一死。」

羨慕、嫉妒與殺意，直衝著我來。

處在這樣的狀況下，吉妮不改臉上鎮定的微笑：

「哎呀～真沒想到可以拿到冠軍耶～這是不是表示我身為女人還算有點魅力？」

「豈止是有點。吉妮同學，妳很美，大可當個抬頭挺胸的選美冠軍。當然，妳的美不限於肉體，心也一樣美。妳的身心都很美，我保證。只是由我這樣的人保證，也沒有任何權威就是了。」

我以開玩笑的語氣這麼說，露出笑容。

然而——吉妮並未以笑容回應，反而用認真的表情盯著我看。

「你真的這麼覺得？真的……覺得我漂亮？」

……啊啊，這和她在選美比賽中透出的情感一樣啊。

侵蝕她心靈的一種叫做自卑感的詛咒。這種詛咒透了出來。

……坦白說，我不覺得自己有辦法消除這種詛咒。因為到頭來，這個問題應該要由她自己來解決。

然而，即使如此，我仍然心想，但願這句話能多少幫助到她。

我真摯地正視吉妮，開口說道：

「妳很美。所以，大可對自己有自信。」

短短一句話，卻蘊含了千言萬語。

不知道是不是吉妮感受到了我的心意，只見她的眼睛一瞬間微微晃動……

接著，平靜的微笑隨即回到了她的臉上。

「謝謝你……我覺得，有那麼一點點能夠喜歡自己了。」

這句積極的話，是否意味著詛咒消失呢？

如果真是如此……

相信現在不在場的他，遲早也將迎來能夠展顏歡笑的一天吧。

我無法不祈禱這一天來臨……

◇◆◇

就在校慶的第五天也即將結束之際。

天空暮色漸濃，來賓人潮也變得稀疏。

儘管如此……一年C班所經營的性感女僕咖啡館，仍然充滿了活力。

明明就快要打烊，卻仍有許多客人迫不及待地排隊。

一群少年從遠方看著這樣的光景。

是一年A班的學生。

「喂，要怎麼辦啦？這樣下去我們會輸的。」

一名學生對這群人的頭目——也是擔任班長的少年問起。

「真沒想到他們的宣傳效果這麼強大……！」

「輸了就要下跪磕頭……！就算對男爵家的伊莉娜磕頭，都已經令人生氣，竟然還要對那些根本不知道打哪兒來的平民磕頭……！」

看到其他學生之間都已經瀰漫著敗戰的氣氛，頭目嘆了一口氣。

「我們不是還剩下壓箱的計謀嗎？只要用上這方法，就能確實獲勝。」

「你、你說的計謀是什麼？」

連這種點子都想不到嗎？這群傢伙真是欠缺想像力。

他暗自看不起這群人，說出自己的想法。

「原、原來如此。的確，只要能做到……！」

「就贏得了，可是……這會不會……太卑鄙了點？」

「哼，都什麼時候了還說這個。勝者為王，不是嗎？」

沒有人反對頭目——

因此，他們趁夜展開了行動。

第三十一話　前「魔王」將這群卑鄙的人付諸一笑

校慶只剩兩天。

到此為止，發生了各式各樣的事情……但其中最令人印象深刻的還是席爾菲。這個轉學生就像一陣突如其來的風暴，引發了許多案件……回想起來，就覺得校慶的大部分時間，都被處理抱怨給填滿了。

奧莉維亞再三下令要她待命，但席爾菲就是正義感太強，無視這個命令。每天都自行巡邏，為整個學校帶來破壞與混沌。

於是呢，今天我也一樣努力進行這巡邏兼道歉的巡視。

我前往被那個笨蛋給添了麻煩的攤位，一間一間去低頭道歉。這樣的過程，就讓我想起從前。在前世，我也常常為了席爾菲和莉迪亞她們搞出的問題，負起責任去道歉個不停……

相信這個時代的人們，應該無法想像「魔王」對平民真心下跪磕頭的樣子吧。

……不說這些了，道歉巡禮進行到一半，很多人都找我說話。

儘管其中也有充滿惡意的話，但大致上都是出於好意。

「劍王武鬥會的會內賽，請你要加油！我支持你！」

「之前謝謝你的建議！多虧你的建議，我們的店生意都好起來了！」

聽到人們對我說出這些溫暖的話，就會深深體認到，我已經和人們打成了一片。

在前世就不是這樣。在「魔王」這個稱號已經深入人心、殺神之旅也走到尾聲那陣子，我已經完全被神格化……也因為這樣，每個人對我都敬畏到了極點，讓我根本沒辦法和他們打成一片。

當我看到小兵們開心閒聊，湊過去想一起聊，就會……

「嘎咿咿咿咿咿咿咿咿！魔、魔魔魔『魔王』大人啊啊啊啊啊啊啊！」

「為、為為為、為什麼『魔王』大人會跑來這種地方啊啊啊啊啊啊啊啊啊！」

「各位，不用那麼畢恭畢敬，我只是——」

「唔……唔嗯嗯嗯嗯嗯嗯嗯嗯嗯嗯嗯嗯嗯嗯嗯！」

「啊啊！丹尼爾緊張到吐——唔嗯嗯嗯嗯嗯嗯嗯嗯嗯嗯嗯嗯！」

……他們一個個都會因為對我太敬畏，一看到我的臉，立刻就吐了出來。

搞得根本沒有辦法談話。

而且真要說起來，一看到我的臉就嘔吐，反而更加不敬吧？

就因為有過這種事，我才會隱瞞「魔王」的身分去上學，但狀況在校園裡也沒什麼改變。

「我、我說啊，如果妳不介意，校慶那天，要不要跟我——」

「啥？你誰？」

「我是跟妳同班的——」

「誰管你啊，不要跟我說話啦。噁心。咳～呸！」

這邊則不是嘔吐，是吐口水。害我很想死。

這種難受的日子日積月累，最後我才會選擇轉生，不過……

我真的很慶幸這麼做。因為我又得以像現在這樣，和人們打成一片。

我滿懷幸福的心情一間間去道歉，就被罵說：「你在嘻皮笑臉什麼啦？真的有在反省嗎？」但我完全不在意。因為我現在，正處在人生最高水準的幸福當中——

「亞、亞德同學！事、事情不好了！」

就在我飄飄然的當下，吉妮的喊聲撼動了我的耳膜。

聽見她充滿緊張與不安的喊聲，我的心到剛才都還陽光普照，現在則迎來了緊張。

「……怎麼了？出了什麼問題嗎？」

「詳、詳細情形我晚點再解釋！總之請跟我來！」

看來事態緊急，於是我任由吉妮牽著我，在校內奔跑。

是「魔族」終於進攻了嗎？不，感覺不到這樣的魔力反應，校內也沒有受到恐怖攻擊的

跡象。既然如此，吉妮會慌成這樣，到底是……

思考到一半，似乎就抵達了目的地。拉著我走的吉妮停下了腳步。

結果我們去到的地方，就是我們班擺的攤位，也就是性感女僕咖啡館的店鋪前面。

她一路走進店裡，進到廚房。我從後跟去，一樣進了廚房……才剛走進去，慘不忍睹的光景就映入眼簾。

被粉碎的各式蔬菜散了一地。

調理桌上，則排滿了不知道如何才會弄成這樣的焦炭化肉類與海鮮。

就在這些食材交織而成的慘狀正中央……

「咿咦咦咦咦咦咦咦！大家對不起啊啊啊啊啊啊啊啊！不應該會變成這樣的啊啊啊啊啊啊啊啊啊啊啊！」

伊莉娜攤坐在地，流出噴泉般的眼淚，嚎啕大哭。同學們圍在她四周，以像是迎接世界末日的表情，看著眼前的慘狀。

「……不，我說真的，這是怎麼回事？」

到了這個時候，吉妮才總算解釋給我聽。

「A班那些傢伙，對我們搞起了最惡劣的破壞……！請你看一下這個！」

吉妮說完，手指向木箱……裡頭裝著被壓爛的蔬菜。

不，被毀的似乎不是只有蔬菜。

肉類表面覆蓋著一層白色的膜。這是霉菌嗎？推測多半是以魔法造成的。

海鮮也和蔬菜大同小異。尤其是作為重點菜單的虎鯊魚翅，更是被分解得非常細碎，原有的美麗與魄力都已經無影無蹤。

另外，麵粉大概是被灑上了校園裡的古井水，結塊的粉已經變成黃色。

「你也看到了，很多食材都毀了。但伊莉娜小姐鼓勵大家說，還有辦法營運下去……首先，關於被壓爛的蔬菜，她說這些還能用，說要做些菜出來給大家看，結果就變成這樣。」

吉妮看著還在嚎啕大哭的伊莉娜，重重嘆了一口氣。

「伊莉娜小姐的烹飪技能，是毀滅性的糟糕。」

……啊啊，原來啊。原來這慘狀是這麼回事啊。

「我和大家也都不敢置信。到底要怎麼做，才能這麼徹底地毀掉這些食材呢……她的技術就是這麼差勁……不，從某個角度來說也許是天才，甚至讓人忍不住懷疑她是不是故意的。竟然能把種種高級食材弄得比廚餘還不如，可不是這麼容易就能辦到的事情。」

她的口氣顯然蘊含了壓力。不知道是不是錯覺，她看著伊莉娜的眼神也顯得尖銳。

「……就這麼回事，我們的食材已經見底。就在伊莉娜小姐親手摧殘下，能用的材料也幾乎都沒了……店裡再也出不了餐點了。」

「唔，這事態的確很嚴重啊。本店雖然是以能和少女相處為賣點，但只靠這點是不夠的。還是要提供美味的餐點，營業額才會成長。」

「你說得沒錯。所以，再這樣下去，客人會漸漸減少……我想到了最後，營業額會稍稍輸給A班。」

你能不能想點辦法，打破這個僵局？

不只是吉妮，所有看著我的學生，臉上都有著這樣的表情。

就在這樣的情勢下，席爾菲走向伊莉娜。

「不、不要緊，伊莉娜姊姊！大家不是都說，烹飪重要的是愛嗎？所以，妳看，這廚餘也是不折不扣的餐點！」

「廚、廚餘……？」

「只要充滿了愛就沒有問題！烹飪就是這麼回事！就算外觀和味道差勁透頂，只要有愛就沒問題！」

「差、差勁透頂……？嗚、嗚哇啊啊啊啊啊啊啊啊啊啊啊啊啊啊！」

那個笨蛋大概自以為在鼓勵她，但笨蛋終究是笨蛋。

席爾菲似乎沒有自覺到，自己已經給了伊莉娜最後一擊，不知所措地慌了好一會兒……

但後來似乎想到了什麼主意，只見她啪的一聲拍響雙掌。

「對、對了！只要去跟其他班的攤位討食材就好了！」

聽到這句話，學生們不約而同「啊啊！」了一聲。本校乃是名門學校，貴族是不用說，平民也多半出自地位較高的家庭。因此總是有種傾向，會在下意識排除對人低頭或容易被人看不起的行為。

「的確，只要從別班借到食材……！」

「不，可是，這樣很沒尊嚴……」

「現在是講這種話的時候嗎！我們只差一步就要拿到最優秀獎了耶！比起這種名譽，去跟別人低個頭有什麼大不了的！」

在多數人同意之下，我們決定去跟別班低頭，找他們借食材，只是……

「不要！有多少食材都不會借給你們！」

所有班級都不留情面地拒絕。理由就是……

「我們班也被那個笨蛋（席爾菲）添了很多麻煩！誰會去幫她待的班級！」

每個人都異口同聲地說了。

說最討厭席爾菲。

說不想幫助席爾菲的班級。

看來就連她，也因此大受打擊。

「大、大家……我、我……」

她冒出冷汗，垂下表情黯淡的臉。

大家的視線都集中在席爾菲身上。

然而……沒有一個人責怪她。

不只是平民，連想要名譽的貴族，都並不責怪席爾菲。

大家都明白，席爾菲並非單純是個麻煩製造者。

因為透過這些日子裡的相處，大家都已經知道她是個善良的少女，隨時隨地都在為別人行動。

「……算了，這次沒辦法。」

「也是。雖然拿不到第一名是很遺憾。」

反而大多數人說話的口氣，都像在安撫席爾菲。

「可、可是……！一、一旦輸掉……我就會害得姊姊要……！」

話題帶到伊莉娜身上，但她當然不會怪席爾菲。

只見她為難地微微一笑，只輕輕說了聲：「不要緊的。」

……想來被她罵上幾句，對席爾菲來說還好受得多。

罪惡感讓眼淚開始沾濕席爾菲的眼睛。

……真是的，這小妹實在是很需要照料。

「席爾菲同學，妳忘了我們的那個計畫了嗎？」

我扯起嗓子，制止了她的眼淚。

「那、那個，計畫……？」

「哎呀，看來妳忘得一乾二淨了。妳之前不就跟我提過，遇到這種事情時的因應方案嗎？」

席爾菲不解地歪頭納悶，我對她露出微笑。

「如果妳忘了，就由我來替妳打破這個僵局吧。」

每個人都瞪大眼睛看著我。

……放心吧，席爾菲。

妳這個新的安身立命之地，就由我來保護。

◇◆◇

校慶第六天也迎來了傍晚時分……

一決雌雄的瞬間眼看就要來臨。

一年A班經營的攤位——比基尼少女咖啡館的後場裡。

以班長為中心的一群人，抽著菸管菸，聊得十分起勁。

「我們店的總營業額，已經達到史上最高。也就是說——」

「肯定拿得到最優秀獎，而那礙眼的男爵家女兒也會消失。」

所有人哈哈大笑。在他們看來，這件事的目標始終是伊莉娜。雖然元凶是席爾菲，但那種平民的下場，對他們這些貴族而言無關緊要。貴族只對貴族有興趣。

看在他們眼裡，伊莉娜與她的家族非常礙眼。

明明出身男爵家這種最底層的地位，卻被吹捧為英雄，發言權與影響力，與公爵家相比都不遜色。

對他們這些生於中階貴族之家的人而言，這種特例再令人生氣不過。

「只要英雄男爵的女兒消失……一年級最有影響力的集團就會變成我們。而且公爵家的艾拉德，也早就弄得和退學沒太大分別。」

「對。可是……那個平民呢？」

「亞德．梅堤歐爾，是嗎？他的確也很礙眼，但終究只是平民，多半沒辦法闖進我們貴族的領域吧。」

看在班長眼裡，亞德．梅堤歐爾只不過是個魔法本領高超的村民，終究只是個平民。以整個人的格局來看，是自己比較高。因此他有著一種確信，認為亞德・梅堤歐爾這個人不足為懼，不是值得注意的人物。哪怕實力再怎麼強，社會也沒有好混到只靠實力就能無往不利。

「呼……在這裡閒聊，大家也差不多膩了吧？我有個有意思的點子。」

「哦？說來聽聽。」

「我們去一趟C班的攤位逛逛如何？我們的勝利已經確定，所以我們身為勝利者，去對落敗者施捨點營業額。這樣挺諷刺的，不是很有意思嗎？」

「哈哈，這主意好。真想看看他們會有什麼樣的表情。」

他們表示贊同，起身離席。然後走出自己的攤位，前往C班的攤位——性感女僕咖啡館。已經沒有人在排隊。畢竟校慶尾聲已近，到了這時候，不可能還有那樣的盛況。這點A班的店面也是一樣。

「好了，就不知道裡頭是什麼情形啊。」

「我看除了我們以外，根本就沒有客人吧。」

「如果是這樣，我們就狠狠嘲笑他們吧。」

一群人賊笑兮兮地走進店裡，結果——

這一瞬間，映入他們眼簾的，是令他們意外到了極點的光景。

店內一片門庭若市。

顯然比他們的店更加熱鬧……

「「「主人！歡迎回來！」」」

就在他們大惑不解的當下，一群女生穿著充滿性感魅力的改款女僕裝，大聲打了招呼。

不知道是不是錯覺，總覺得她們的眼神中有著勝利的自豪。

就在班長準備對這種令他看不順眼的眼神開口說些什麼之際——

「歡迎光臨。」

聽到了這麼一句響亮而流利的話。

是亞德·梅堤歐爾。他露出怡然自得的微笑，又說：

「來，A班的各位同學，我們準備了你們的座位，這邊請。」

聽他的口氣，彷彿早料到他們會來。

這讓他們有種不舒服的感覺。不只是班長，整群人都是一樣。

不管怎麼說，總不能杵在店門口，於是他們在亞德的帶領下，前往位於店內角落的座位坐下。這時一名女僕拿了菜單來，他們翻開來一看……

「……這是什麼？」

上面密密麻麻寫著各種陌生的菜名。

這不對勁。和他們掌握到的菜單內容完全不一樣。

「嗚……！喂，隨便送些飯菜上來！」

要求解釋菜色，無異於暴露自己的知識不足。因此眾人才會選擇這樣的說法。而在等著餐點送上的時候，他們面面相覷。

「喂，情形不太對勁啊。」

「為、為什麼會這麼熱鬧？食材應該——」

「噓！我們身在敵地，不要隨便亂說話！」

「不、不過，應該不會有問題吧。雖然他們多半耍了些小聰明，但終究——」

熱烈的談話聲中，他們點的菜接連端了過來。

這間店主要的賣點不是餐點，而是女性，所以當然會有各式各樣的特別服務。然而性感魅力對於以班長為中心的這群人，當然不會管用。

每個人都已經碰過女人，早已丟棄會輸給性慾的精神狀態。

因此，他們對於女生群的招待全都嗤之以鼻，然而……

對餐點就不是這樣了。

「這牛排的美味……！可不尋常啊……！」

「我本來覺得這黃金手抓飯，名稱未免太誇張，可是……這、這美麗的光芒……！味、味道也格外好……！」

「這道名稱莫名其妙叫什麼拉麵來著的菜……乍看之下和通心粉湯有點像，可是……這麵的口感和風味……！是我從來沒嚐過的麵類料理……！」

無論多麼想貶低對手，但還是說不出這些餐點難吃。那等於是在宣傳自己的舌頭壞了。

看到這群人懊惱地咬牙切齒，亞德．梅堤歐爾笑眯眯地說道：

「各位享用的這些菜色，食材都是『一群非常好心的人』帶給我們的。」

聽到這句話，眾人都全身一震。

難道這是……！

「各位知道有種用在肉類的技法叫做乾式熟成嗎？就是讓肉類乾燥熟成，增加肉的風味與鮮味。尤其是……熟成程度達到表面覆上一層白霉的牛肉，叫做熟成牛肉，滋味和普通的牛肉有著明顯的區隔。」

霉菌——那不是他們搞破壞的成果之一嗎？

「食品的衛生管理當然是萬無一失，還請放心……接著是黃金手抓飯。這也是有一群好心人，特地幫我們把魚翅弄得稀爛，我們也就用來替米飯調味，並營造外觀上的豪華感。滋味是不用說，閃著黃金色光芒的魚翅碎片，應該也是非常美的點綴吧？」

他們啞口無言。

這也就是說……

「再來是拉麵。這也是有一群好心人，幫我們為麵粉灑上古井的水。這水似乎有著類似鹼水的性質。順便告訴各位，鹼水就是鹼性很高的水，跟麵粉混在一起來揉製，就能夠做出有著獨特風味的麵。」

他將他們的所作所為，全都化為了正向的助力……！

「哎呀，這世上真的是有人非常好心，怎麼感謝都不夠。多虧了這群好心人，我們豈止是撐過了校慶尾聲……甚至還能夠拿到最優秀獎。」

他微微一笑，表情的確平靜，然而……

班長在他的表情下，感受到了一種魔鬼般的恐怖。

看來除了自己以外，這些人全都有著「一切都適得其反」或是「怎麼運氣這麼差」之類大錯特錯的感想。

他們錯了。他們的運氣的確很差……但更應該著眼的點，在於亞德．梅堤歐爾這個人的知識量與機智。

熟成肉、鹼水，這些名稱他們聽都沒聽過。換做是正常人，看到肉發霉、麵粉被灑了水，就會判斷這些食材不能用了。

而這個人卻以誰也不知道的知識，度過了這個難關。

對於魚翅，則是換了種用法，將魚翅昇華為嶄新的招牌菜色。換做是普通人，看到魚翅

被毀得不成原形，也會認為已經沒有價值而廢棄。這個人卻……！

（我本來小看了他，以為是平民就不用在意，但我得改變想法才行。）

（該排除的不是伊莉娜——）

（是亞德．梅堤歐爾……！這小子才對……！）

相信遲早有一天，這個平民將會威脅到他們這些貴族的領域。

班長懷抱著這樣的預感，瞪著亞德．梅堤歐爾。

（這次我輸了。可是……這次你抓住的勝利，將會讓你身敗名裂。）

他滿心的敵意在翻騰。

然而，就連這些敵意似乎都被看穿……

讓他臉上流下一道汗水。

第三十二話　前「魔王」與最優秀獎

用來打破僵局的知識，是從過去的下屬身上學來的。

我的下屬當中，有很多人是來自異世界，能夠度過這次的危機，大半都是多虧了他們。真的是得好好感謝這些以前的下屬。

……不過話說回來，來自異世界的下屬，都說他們來自一個叫做日本的國家。

他們的世界裡，沒有日本以外的國家嗎？不可思議的是，他們全都只談論自己國家的知識，對於其他國家則一概不提。

當時我對異世界並沒有太多興趣，也就並未問起，然而……

現在回想起來，就覺得非常不可思議。下次遇到異世界人時，就針對他們的世界多問問看吧。

言歸正傳，我們將A班搞的破壞化為機會，度過了難關，順利迎來了校慶第六天的結束。由於攤位在這一天就會撤掉，所以從某種角度來看，也可以說今天就是校慶的最後一天。

接著立刻就聽到校內廣播，下令所有學生待命。因為接下來要統計各攤位的總營業額，

決定哪個班級能夠站上所有班級的頂點……也就是最優秀獎得獎班級。

我們在教室裡等了一會兒後，統計似乎就完成了。校內廣播指示所有學生前往操場。我們聽到這樣的廣播，也懷著緊張與期待開始移動。

而到了現在，就在聚集了許多學生而顯得擁擠的操場內。

我們等待走上台的校長葛德伯爵致詞。

他布滿皺紋的臉上露出滿足的笑容並開口說：

「首先，我要對各位同學說聲辛苦了。這六天來，想必各位經歷了各式各樣的辛勞。相信這一定會成為各位未來的資產。這六天，以及校慶前的準備期間裡所培養出來的一切，各位同學千萬不能忘記。」

他先把身為教育者該說的話都說完，然後深深吸一口氣：

「好了！那麼我們馬上就來發表今年的最優秀獎得獎班級吧！即使得到這個獎項，也並非能夠因而得到什麼有形的事物！然而，你們的名字將會留在本校的歷史上，永遠被傳頌下去！」

也就是說，雖然得不到物質的獎賞，但能夠得到榮譽是吧。在某些時候與場合下，榮譽也可能帶來更大的正向作用。本校乃是名門學校，名字能留在校史上，相信出社會之際，也將帶來一定的地位。

至於說哪個班級會得到這個榮譽——

「一年C班！這群新秀刷新了歷代最高營業額紀錄！是今年的最優秀獎得主！」

聽到結果的瞬間，我們班的同學們都大聲歡呼。

「太棒啦啊啊啊啊啊啊啊啊！」

「哼，我們那麼竭盡心力，得獎也是當然的吧。」

「雖然發生了很多事……不過最後的關鍵是席爾菲的點子啊！」

席爾菲圍繞在眾人的笑容當中，為難地搔了搔臉頰。

她直到前不久都還是被批判的對象，如今卻被讚頌為班上的英雄。

我把用來度過最終危機的構想，說成是席爾菲想出來的。

結果，她成了拯救全班危機的英雄……

順利保住了她在校內的一席之地。

雖然把功勞讓了給她，但我當然不可能會後悔。我心中有的反而是鬆了口氣的感覺……

真是的，這小妹照顧起來可真費事。

「那麼，集會就到這裡解散。校慶實質上已經結束……但明天還有劍王武鬥會的會內賽。各位儘管在校慶好好玩到最後吧。」

校長一聲令下，學生們各自離開了操場。

這時伊莉娜帶著席爾菲和她的跟班，走到他們面前。

沒錯，就是去找A班那些人。

「我們贏了！好了，就請你們遵守約定，對我們下跪磕頭吧！」

「嗚……！」

聽到她這句話，對方全都露出了忿忿的表情。

結果不知不覺間，我們全班都聚集到了伊莉娜他們身邊，瞪著A班的人。看來先前那些搞破壞的舉動，已經讓全班同學都憤慨不已，迫不及待地等著能夠出一口惡氣的瞬間來臨。

而在這樣的情勢下，A班的學生似乎把所有的責任，都推到了班長與他的跟班身上。這些人紛紛說事情和自己無關，匆匆走遠。

變得完全孤立無援的班長等人，瞪著伊莉娜等人好一會兒，隨後露出像是厚起了臉皮的笑容說：

「我不記得有過做過這種約定啊。」

他嗤之以鼻，若無其事地背棄了曾經宣誓過的承諾。

其實會有這種情形也在意料之中，但伊莉娜他們當然不會接受。

「啥？你以為這樣說得通嗎！」

「伊莉娜說得沒錯！趕快給我下跪磕頭啊，你們這些混蛋！」

「還搞了那麼多破壞，你們這些邪魔外道！」

儘管噓聲四起，但班長與他的跟班，都一臉風涼地聳了聳肩膀。

「我們實在無法理解，你們為什麼會這麼生氣。搞破壞？別說得這麼難聽。我們怎麼可能做出那麼卑鄙的舉動？還是說……你們有什麼證據？有什麼確切的證據，可以證明我們做了些什麼？」

他們這麼一說，我們也只能默不吭聲。他們的行動很巧妙，絕對不留下能夠連到他們身上的痕跡。這些地方他們的確做得非常完美。

「好了，那我們就失陪了。」

他們這麼一說，就轉身背對我們準備離開——但就在這時——

擔任校長祕書的女子走向我們，開口說道：

「各位要去哪兒，我是管不著。只是一旦各位離開，就會受到退學處分。」

祕書官讓眼鏡閃出光芒，讓A班這些人都瞪大眼睛看著她。

「退、退學！這話怎麼說？」

「哪有什麼怎麼說，我可不准各位說不知情喔。各位違反了校慶的規則。明明再三說明過，不可以動用家族的力量，但各位完全不當一回事地犯了規。」

「妳、妳說這種話有什麼根據——」

「證據齊全得很。各位難道真以為像你們這樣的小孩子，騙得過我們大人的耳目？……只是話說回來，即使沒有證據，你們也非得聽我們的不可。你們和我們，誰的立場高，你們應該不會不懂吧？」

看到祕書官的嘴唇露出充滿嗜虐心的笑容，A班這些人都冒出冷汗。

「當然了，你們和C班結下的梁子，我們也都掌握到了。而當我把你們的舞弊行為報告給校長知道……校長說儘管各位違規，但創下史上第二的營業額，仍然很了不起。因此只要各位遵守約定，對C班的各位下跪磕頭，就不追究各位的違規。如果各位要違背約定，就要將各位從本校放逐出去。校長就是下了這麼一個決定。」

祕書官以冰冷的目光看著他們，逼他們做出選擇。

「要下跪磕頭，還是把被名門學校開除這樣的汙點刻在經歷上。就請各位選自己喜歡的路走吧。」

「嗚、嗚……！」

以班長為首的這群人，全都露出苦悶的表情。然後……

「該、該死啊啊啊啊啊啊啊啊啊啊啊啊啊啊！」

班長大聲嘶吼著跪下……把雙手和額頭往地上貼。

接著他的跟班們也都執行了下跪磕頭的行動。

這些用卑鄙的手段欺凌我們的人，全都跪伏在地。

這樣的光景，似乎讓我們班的同學們都出了一口氣。

「嘿！活該！」

「哼哼哼……！伯爵家嫡子下跪磕頭的模樣……！這我可一輩子都忘不了啊……！」

「呵呵呵呵！今天應該可以睡得很甜呢～！」

不分平民、貴族，看到眼前的光景，都相視而笑。

大概該感謝A班那些人，為我們班的團結扮演了重要的角色吧。

「……給我記住，亞德・梅堤歐爾……！」

A班班長不知為何地對我抱持敵意。

這種惱羞成怒，我哪能一一記住，所以決定趕快忘掉。

就這樣——

我們與A班的梁子，就此做了個了斷。

之後，我和伊莉娜、席爾菲、吉妮，四個人回到宿舍……！

按照先前的決定，我們辦了個小小的慶功宴。

四個人圍著一張桌子，各自舉起倒了葡萄酒的玻璃杯。

「那麼，我們來乾杯吧。慶祝我方的勝利……乾杯！」

「「「乾杯～！」」」

眾人配合我起的頭，將玻璃杯碰在一起。

我將這碰出清脆聲響的杯子拿到嘴邊，一口氣喝完了葡萄酒。

贏得勝利後的酒，果然好喝。

我們乾杯過後，各自時而吃起下酒菜，時而開瓶新的酒，隨意走動交談。

所有的內容，都是對我的讚賞。

「哎呀～不過話說回來，要是沒有亞德在，我們已經輸了吧。」

「真的！真不愧是我的亞德！實實在在是班上的英雄！」

「承蒙各位誇獎，實是惶恐之至。可是……這次的勝利，不是我一個人的功勞，是靠了大家的努力。這一個月左右的時間裡，三位也真的辛苦了。」

我說出慰勞的話，微微一笑。結果——

席爾菲直視著我，面紅耳赤地開了口。

「我、我說啊，亞德。我一直誤會你了。我以為你是『魔王』的轉生體……可是，看樣子是我弄錯了。因為你好體貼，好靠得住……又、又好帥氣。」

……我說席爾菲啊，聽妳的口氣，豈不是等於在說「魔王」就不體貼、不可靠、又很遜嗎？

妳再不給我收斂一點，小心我真的揍妳喔。

明明受到讚美，但我一點也不高興。

……席爾菲對我的這些心情毫不知情，一張臉漲得愈來愈紅，繼續說道：

「這次真的給你添了很多麻煩。不管什麼時候，事態都被我弄得更棘手……可是，你總是一句抱怨都沒有，幫我收拾善後。」

「我只是做了身為學友，理所當然該做的事情。不需要放在心上，席爾菲同學。」

換做是前世，我大概會罵說「真受不了，看妳這笨蛋給我添了多大的麻煩」，然後賞她一拳，可是一旦現在做出這樣的舉動，無異於揭穿自己＝「魔王」，所以我硬把這口氣忍下來，回答得很溫和。

結果席爾菲目光低垂，過意不去似的說：

「最後的部分，弄得好像我搶走了你的功勞……真的很對不起。可是……我覺得多虧了你，我才不用失去重要的事物。」

接著，席爾菲仍然漲紅了臉，嘴唇顫動，深深吸一口氣。

「謝、謝謝你，亞德・梅堤歐爾！」

她難為情地喊出道謝的話，然後就再也不敢直視我的臉似的，撇開了臉，丟下一句「我、

我去上個廁所！」就離開了房間。

「……看這樣子是被攻陷了啊～錯不了。」

吉妮看著門，喃喃說道。

「攻陷？這話怎麼說？」

「就是字面上的意思啊～席爾菲小姐喜歡上了亞德。」

「這！」

伊莉娜瞪大眼睛，五味雜陳地嘟囔著。

……她喜歡上我？

別這樣。真的別這樣。我連想像都不想。

「嗯～我其實不太喜歡席爾菲小姐～可是，如果當成後宮成員來考量，就還算挺不錯的。她有種妹妹路線的感覺。而我找來的女生裡，剛好就是比較缺妹系呢～」

吉妮先喃喃自語了好一會兒，然後眼神發亮地看著我說：

「我想就在不久的將來，會發生表白事件！為了到時候著想，我想你最好趁現在先想好怎麼回答！」

「不……哈哈，饒了我吧……」

我這輩子還是第一次發出這麼苦澀的笑。

而我正想著這樣的念頭——

「……我回來了。」

席爾菲似乎上完了廁所，回到了房間。

「妳、妳妳妳、妳回來啦？好快啊！」

「……嗯。」

伊莉娜大概是還在想著吉妮說的話，態度有點不自然。

然而，要說不自然……我總覺得席爾菲也有點不自然。她也和我跟伊莉娜一樣，被吉妮的話給牽著走了嗎？

總覺得席爾菲頻繁地對我送出視線……

……如果說，她真的喜歡上我。

我沒辦法回應她的這番心意。

我沒有這樣的資格。

……趁現在先考慮被表白時要怎麼回答……是嗎？

如果那樣的一刻會來臨，到時候……

我大概就要把一切都告訴她。告解自己犯下的罪行，揭露自己並沒有資格接受她的好感。

……我無法不祈禱這一刻不要來。

就像艾拉德還無法面對吉妮。

我也同樣——

只有這件事，我不想面對。

第三十三話　前「魔王」ＶＳ——

持續了一週的校慶，今天終於也到了最後一天。

這天，我們首先從早到中午，都忙著撤除各個攤位，然後從中午到晚上，則是最後一個慶典的開幕。

沒錯，就是劍王武鬥會的會內淘汰賽。

確定所有攤位都撤除後，再度請一般來賓進場……

現在，座落在校庭內的鬥祭場觀眾席被大量的觀眾填滿，熱度幾乎直衝天際。

我和伊莉娜他們，透過設置在準備室的水晶型播映器，看著這樣的狀況。

對我來說，大場面已經是家常便飯，並不特別緊張，但伊莉娜與吉妮似乎並非如此。她們看來有著一定的緊張感，從剛才就一句話也不說。這點，以奧莉維亞為首的其他鬥士也是一樣……

非常令人意外的，是連席爾菲也雙手抱胸，默不作聲。

在這種慶典的熱鬧當中，她總是會非常興奮，纏人到令人煩躁，然而……

從昨晚起，我就是覺得她的模樣非常不對勁。

席爾菲瞪著水晶映出的光景。可以看到第一場比賽，眼看就要分出勝負。

會內淘汰賽重視意外性，所以對戰組合是以隨機方式決定。

競技場正中央的上空，飄著巨大的水晶，上面映出各個選手的名字，隨時消失……這樣的過程反覆了一會兒後，顯示出兩個名字，然後靜止。

第一場比賽，是席爾菲對上外來的參賽者。

「妳、妳要加油！」

「也不是不能幫妳加油啦。」

聽到伊莉娜與吉妮兩人的聲援，席爾菲的反應是：

「……嗯。」

她不苟言笑，面無表情，與對手一起走出了準備室。

「總覺得她不太對勁呢。」

「她是在煩惱啦。煩惱要在什麼時機對亞德表白。這樣子打得贏比賽嗎？」

關於煩惱這件事，我能夠同意。

席爾菲看起來的確像是對一件事陷入沉思。

而這樣的她，打出的比賽內容……果然不像她的作風。

實在太安靜、太冰冷。我不曾看過她這樣打鬥。

結果是壓倒性的勝利。實力差距太大固然也是原因之一，但她冷靜沉著地應戰，毫無破綻，甚至讓人同情起對手。

「好、好厲害啊，席爾菲。和平常根本判若兩人嘛。」

「感覺很投入啊～……不知道是不是盤算老套的計畫，先拿到冠軍，有了好表現之後再來表白之類的？」

吉妮的發言就先不去理會。伊莉娜說得沒錯，現在的席爾菲簡直不是同一個人。

她回到準備室後，仍然完全不展現任何開朗的氣息，也看不出她的眼睛在看哪裡。

這樣的情形，連奧莉維亞都歪頭納悶。

席爾菲到底是怎麼了？難不成真的就如吉妮所說，患了相思病？

問號找不到出口，在我腦海中翻騰個不停。

然而——

『第一戰是以壓倒性的實力差距分出了勝敗！那麼，下一場比賽又將有什麼樣的轉折呢？輪盤，啟動！』

下一場的對戰組合決定的瞬間。

『喔？喔喔？喔喔喔喔喔喔喔喔喔喔喔喔喔喔喔喔喔！就、就在第二場，竟然！竟然

這麼快就實現了世紀大對決啊啊啊啊啊啊啊啊啊啊啊啊啊啊啊！』

我腦子一片空白，把對席爾菲的疑問都拋諸腦後了。

結果第二場的組合是——

『傳說的使徒奧莉維亞大人，對上——最近轟動社會的大魔導士之子！亞德・梅堤歐爾！活傳奇與頭號新人這麼快就對上啦啊啊啊啊啊啊啊啊啊啊啊啊啊啊啊啊啊！』

場上氣氛沸騰再沸騰。相反的，我的氣勢則已經落到冰點以下。

「少年英雄對上傳奇啊……！」

「兩者我都想打打看……不過沒辦法。」

「那小子魔法很拿手……可是，就不知道他的劍技對奧莉維亞大人管不管用。」

參賽者們也都立刻熱烈起來，伊莉娜與吉妮也不例外。

「亞德加油！你絕對不要緊的！就算對上奧莉維亞大人也打得贏！」

「我會把你大獲全勝的英姿，牢牢烙印在腦海中的！」

再來——當事人奧莉維亞，則豎起黑色的貓耳與尾巴，美麗的臉上露出迷人的笑容，正視著我。

「這麼快就如願對上啦，亞、德、同、學～？」

她臉上的表情顯得友善又陽光……內心翻騰的心情卻是相反。

就在這場比賽裡弄個清楚，視情況……

要讓我好好吃上一整套老姊地獄折磨全餐。

她表情透出的意圖，讓我冒出冷汗。

「兩位選手，輪到你們上場了，請進場。」

工作人員來到準備室內……我上次想這樣拔腿就跑，已經是多久以前啦？

我和奧莉維亞並肩走向場內。

在迎來對峙的瞬間前，我拚命動著腦筋。

……萬萬沒想到，會發生這種我最不想遇到的情形。

我自己的期望，是對上伊莉娜或吉妮，然後不著痕跡地放水，讓出勝利。

但既然對手是奧莉維亞……要不著痕跡地放水可就難了啊……！

但我還是得硬著頭皮做到。

老姊拿出真本事折磨人，我可敬謝不敏。那不是開玩笑，精神都會被破壞的。

我還想和伊莉娜他們共度開心的校園生活。

因此，這場對決……

我要卯足全力演出一場苦戰，讓誰也看不出我放水，就這樣打輸。

這樣一來，就可以洗刷我＝「魔王」的疑雲。

我下定決心，做出覺悟，握緊了主辦方配給的不開刃劍——

我在會場正中央，和奧莉維亞對峙。

『好、好厲害的對峙！兩者的身體就發出非比尋常的鬥氣……大概是被這些鬥氣震懾住了吧，從剛才整個場上就只聽得到我的聲音！』

放水——但要不被拆穿，就得拿出一定程度的真本事。

因此我至少在發出鬥氣時出了全力。

雖然我一點幹勁都沒有。

「啊啊，好懷念啊，這感覺……你的氣，和他一模一樣。」

「……承蒙您誇獎，光榮之至。」

我們簡短地講了幾句話，接著——

就在宣告比賽開打的瞬間。

「好久沒有跟你一起玩玩啦，『蠢弟弟』。」

奧莉維亞全身發出劇烈的殺氣——

一眨眼間，她已經拉進了距離。

劍光一閃。這朝著我的天靈蓋垂直揮出的一劍，一會兒後，分裂為超過一百道的斬擊。

從最先瞄準的頭部開始，指尖、下臂、上臂、軀幹、丹田、大腿等等，只針對所有部位的要害，精準地砍了過來。

在一瞬間發出無數斬擊的這一招，奧莉維亞稱之為「剎那太刀・一式」。

她的功力我當然瞭如指掌，要閃開是輕而易舉……然而，這個時候我還是特意挨個十分之一的斬擊吧。

「嗚！」

實在有點猛啊。包括頭蓋的一部分在內，有十處骨頭有了裂痕。

可是，這樣就對了。全都躲開，無異於宣告自己就是「魔王」。

所以，多少得挨一些攻擊才行……而我也必須攻擊。

「去！」

我尖銳地一吐氣，揮出雙手握住的劍。劍撕裂空氣劃出半圓，好歹也算是我使出渾身解數的一招。

「太慢了。」

就如我的意圖，這一劍被躲過，我挨了她回的一招，被打得飛到競技場邊緣。

『……咦？到、到底發生了什麼事情呢？實、實在太快，我、我看不懂……！不知不覺間奧莉維亞大人已經移動，亞德選手被打飛……！眼、眼前這情形是不是代表奧莉維亞大人占優勢呢！』

能夠看懂剛才那一回合內容的人，多半兩隻手就數得完。

因此每個觀眾都對我們表示讚賞。占優勢的奧莉維亞不用說，對我也表達了一定程度的肯定。

然而，觀眾的感情一點都不重要。

最重要的，是奧莉維亞的臉。

……她直到先前還有的笑容，微微變得黯淡。

很好！這表示她產生了猶豫！看我就這麼騙到底，漂亮地輸掉！

我燃起了對落敗的鬥志，重重呼出一口氣。

「劍神果然名不虛傳啊。可是……要估量我的實力，可還太早了呢。」

我先撂下這句顯得鬥志十足的天真台詞。

這次換我跨步上前。

接著揮出適度放水的斬擊……展開像樣的招式應酬，往奧莉維亞的顏面砍中了一劍。

她的額頭留下一條細細的紅色流線，在她雪白的肌膚上刻下了朱紅色。

『喔喔！奧、奧莉維亞大人！我、我們的活傳奇！流出鮮血了！這、這不得了啊！亞德・梅堤歐爾，十五歲！年紀輕輕，就將活傳奇捕捉到了射程範圍內啊啊啊啊啊啊啊啊啊啊啊啊啊啊！』

場上一片譁然。但這在我意料之中。

畢竟要是一招都沒砍中就打輸，就太不自然了。

然後，只要營造出這樣的過程——

「……有意思。」

奧莉維亞其實很容易起勁，只要砍中她一劍，她肯定會拿出真本事。

而她發出的殺氣，也比先前更凶煞——

「你可別死啊。」

她有如冰霜一般地面無表情，丟出這句冰冷的話。

然後，一陣劇烈的攻擊開始了。

還不到剎那的時刻之中，便有億兆的劍閃襲來。

完全是為了殺我而攻擊。

對於這波猛烈的攻擊，我擠出難受的表情，演出一副被打得毫無還手之力的模樣。

很好，接下來就挑幾下比較安全的斬擊去挨，被她打飛吧。

之後也不必演戲，只要真的昏過去，這件工作就結束了。

連我自己都對自己的演技覺得害怕。是因為練習舞台劇，提昇了我的演技嗎？

奧莉維亞似乎也完全被我給騙過去了，沒有任何問題。

哎呀，想當初我還嚇得差點尿出來，但實際上場後，就覺得沒什麼大不了啊。哈哈，我老姊也挺好打發的嘛。

……好。就挨刺向咽喉的這一劍吧。雖然肯定會昏過去，但死掉的可能性很薄弱。這一劍就是這麼恰到好處。

奧莉維亞所執的劍，朝我刺了過來。

時間被拉長到永恆，讓我覺得這動作十分緩慢——

我迫不及待地等著劍尖捕捉到我咽喉的瞬間，結果……

「我說啊，亞德同學。」

就在正對面。

奧莉維亞的臉——

「競技場啊……」

轉變成了我不曾見過的……

「可不是演戲的地方啊。」

黃金般美得過火的笑容。

這種表情，加上同學兩字的稱呼，以及粗野的口氣。

看到這些，我有了確信。

——啊啊，這下搞砸了。

奧莉維亞並沒有上當。她只是假裝上當，一直在等著看我怎麼出招。

心中懷抱著我＝「魔王」的確信。

當我發現這一點的瞬間，她刺出的劍尖一動——軌道有了改變。

不是先前那要強不強的突刺，而是以砍斷脖子為目的的凌厲一劍。

『我討厭別人對我放水，這點我從以前就再三說過吧？去死吧，混帳東西。』

我覺得她的眼睛說出了這麼一句話。

直逼而來的必殺一劍，讓我不由自主地緊張起來。

接著——

不知不覺間，我已經下意識發動了魔法。

防禦魔法「反射障壁術(Reflect Wall)」。這種由中階防禦魔法「大障壁術(Mega Wall)」的術式改造的魔法，會用一種半透明的屏障，包住自己全身——

幾秒鐘內，命中我的物理攻擊，所有威力都會原封不動地奉還給對方。

奧莉維亞揮出的這一劍，完美地捕捉到了我的脖子，但威力被魔法歸零——

「嗚啊！」

動能全部被反彈回去，讓奧莉維亞發出小小的驚呼聲，整個人被掀飛。

如果只是這樣倒還算好，可是……大意志的惡作劇，似乎讓威力還反射到了奧莉維亞的衣服上……

她身上那輕便的衣服，變得更加輕便了。

也就是全裸。既然都全裸了，就再也沒有任何布料會阻撓她的動作。

畢竟身上完全沒有布料。

「唔、唔……！」

她在距離十步遠的地方著地，發出令人意亂情迷的呻吟。

接著她似乎發現了自己的醜態，發出「呀！」這麼一聲我聽都沒聽過的尖叫，遮住了自己的裸身。

右手遮住豐滿的胸部，左手遮住玉女的森林。

……在我看來，老姊的裸體完全不構成讓我興奮的材料，然而……

「唔、唔喔喔喔喔喔喔喔喔喔！是、是奧莉維亞大人的裸體啊啊啊啊啊啊啊啊啊啊啊啊啊啊啊啊啊！」

「多、多麼渾圓的屁股……！」

「胸部也是！胸部也好厲害啊！」

「而且原來奧莉維亞大人沒長毛啊！雖然只有一瞬間，但我都看到了！奧莉維亞大人，

光溜溜的！」

「真的假的！之前我都信萊薩教，但我要投奔奧莉維亞教啦！」

看在觀眾眼裡，多半是一幅只有在夢中才會見到的光景。

主要發自臭男生的歡呼，轟動得幾乎撼動了大地。

在這樣的情勢下——

「嗚、嗚嗚……！」

奧莉維亞貓耳低垂，發出悶哼。

她的臉就像熟透的蘋果一樣通紅，全身不斷顫抖，低頭不語。

不、不妙，這下情形會變成怎樣？以往可沒發生過這種情形啊。

這、這種時候，奧莉維亞到底會採取什麼樣的行動……！

我直冒冷汗，吞著口水，等著對方行動。結果——

她猛一抬頭。

她的臉被眼淚沾濕，光這點就讓我有點嚇到，結果……

「你、你你你、你這傢伙……搞、搞不好，真的不是，那、那那、那傢伙啊……！他不管發生什麼事……才、才才、才不會對我！做出這種色瞇瞇的事情嘛！」

嘛？那個奧莉維亞，語尾用「嘛」？

「這、這份屈辱，我、我我、我絕對不會忘記！你這笨蛋給我記住！笨蛋笨蛋笨～蛋！給我去死吧，你這笨～蛋！」

她先說出這種幼兒般的辱罵，然後滴著眼淚，用手與尾巴遮住點，跑向通道去了。

『呃、呃，由於動用了禁止使用的魔法，這場比賽，是亞德・梅堤歐爾選手犯規，失去參賽資格而輸掉，可是……這、這算是輸了比賽，贏了勝負嗎……？對、對那位奧莉維亞大人……！可、可是，我現在也滿腦子都是奧莉維亞大人的裸體……坦白說，我覺得亞德選手有多厲害，已經不重要了……不，是很厲害……早知道就帶魔導式影像裝置來了……』

嗯，我也和主播一樣，滿腦子都是奧莉維亞。

但她的裸體當然根本不重要。

總之……我洗刷了嫌疑，這樣想對嗎？

不，就算真的是這樣，但發生了新的重大問題，所以也不值得高興。

……總覺得，真的，實在是──

為什麼會弄成這樣？

第三十四話　前「魔王」對小妹的情形納悶

第二場比賽……我和奧莉維亞的對決，變成我因犯規而落敗。
但奧莉維亞在比賽後，似乎因為太羞恥，把自己關在教職員宿舍裡。
因此她也受到淘汰處分……這樣一來，就弄得不知道誰會奪冠了。
場內的熱度也因此更加高漲，每個人都迫不及待地等著下一場比賽開打。
我也在會場後方的觀眾席站立區，等著主辦方發表下一場對戰的組合。
等著等著，飄在會場正中央上空的巨大水晶出現了變化。
『好了，第三場的對戰組合是——』
隨著主播的喊聲，水晶當中有各個鬥士的名字出現又消失……最後——
顯示出了兩個名字。
一個是伊莉娜，而另一個……
是吉妮。
『英雄男爵的千金小姐！對上無名的黑馬！看來第三場比賽也將成為不能錯過的對決啊

啊啊啊啊啊啊啊啊啊啊啊啊！』

場內一片白熱化，我雙手抱胸，等著她們上場。

兩人隨即從通道內現身，在會場中央的大舞台上對峙。

接著她們交談了幾句。雖然因為場內的大聲歡呼而讓我聽不見，但我從兩者嘴唇的動作，讀出了談話的內容。

「上次的競技大賽裡，有人來礙事。」

「但這次，我們要好好打到最後。」

彼此鬥志都很充分。

……但站在我的立場，心境十分複雜。

兩者對我而言都是徒弟……也是重要的朋友。而她們卻要爭個勝敗。

如果可以，我希望兩者都能獲勝。但這個願望不會實現。

我還懷抱著這種煩悶的心情——比賽已經開打。

「呀啊啊啊啊啊啊啊啊啊！」

伊莉娜大聲呼喝，搶先展開攻擊。

她跨步直線衝向敵人，將劍高舉到大上段位置。

對此，吉妮則擺出要後發先制的架勢。

「呼……！」

她壓低姿勢，接下伊莉娜的斬擊。互碰的劍身濺出火花，吉妮眼神轉為犀利，硬碰硬似的跨步上前。

「喝！」

她握著劍扭轉身體，卸開對方碰在她劍上的劍刃，順勢一肘頂向伊莉娜的顏面。

「嗚……！」

伊莉娜受到痛擊，痛得跺步。

……看到她這樣，我忍不住探出上半身。

「喝！」

吉妮見狀，認為機不可失，踏上一步展開乘勝追擊。然而……

「別給我……！得寸進尺！」

卯足全力的一劍。這當頭直劈的一劍極其粗獷，充滿了力量感。

「嘖……！」

吉妮立刻將架勢從追擊轉為防禦。

她以劍身擋住這一劍，再度激盪出巨響與火花。

伊莉娜力氣極大，這次換擋住這一劍的吉妮表情苦悶，腳下地面碎裂，碎片四散。

之後雙方互有進退，展開勢均力敵的對抗。

實實在在是一場令人手心冒汗的打鬥。場內氣氛沸騰再沸騰，觀眾的情緒無止盡地高漲。

包括我在內的所有觀眾，都全神關注勝敗的走勢。

均衡終於被打破。

伊莉娜開始漸漸占了上風。

「嗚、嗚……！」

實力和力氣上的差距，緩緩地，但確實地顯現出來。

這也難怪。吉妮是魅魔族，嚴格說來，她拿手的是攻擊魔法，不適合施展強化身體機能類的魔法。

相反的，伊莉娜所屬的種族——精靈族，儘管沒有特別拿手的領域，但對所有魔法都能運用到高水準。強化肉體更是他們拿手好戲中的拿手好戲。

這種種族上的差異，多半也是造成現狀的要因。

吉妮漸漸變得只剩招架之力，中劍的次數也明顯增加。

但她眼神中的戰鬥意志，沒有絲毫衰退。

「我怎麼可以……！怎麼可以！輸給妳這種貨色！」

她強行上前，打成雙方刀劍對碰的較勁狀態。

雙方臉互相湊近，手上加勁。

「像妳這種想獨占亞德的貨色！我才不會輸給妳！」

……嗯嗯？怎麼情形好像開始不太對勁了……

「妳不是把亞德當朋友看待嗎？那妳應該無所謂才對啊！就算亞德被我和其他一大堆女生圍繞著！妳既然只是朋友，這些就應該跟妳無關吧！」

「哪裡會無關啊啊啊啊啊啊啊啊啊啊啊！什麼後宮啊！我絕對不承認那種東西！因為可以待在亞德身邊的女生，就只有我啊啊啊啊啊啊啊啊啊啊啊啊啊啊啊啊啊啊啊啊啊！」

伊莉娜呼喊著，手上灌注莫大的力道。

較勁的均衡眼看又要打破。

「嗚嗚……！妳這話！是怎樣啦！妳其實根本不止把他當朋友吧？既然這樣，妳就明明白白說出來，說妳把他當男人喜歡啊！」

「少、少囉唆少囉唆少囉唆～～～～～～～～～～！這種事情，現在根本不重要吧！」

伊莉娜滿臉通紅，贏了刀劍互碰的較勁。她壓過對手，朝失去平衡的吉妮閃出一道劍光，但吉妮仍不倒下。

「亞德他……是大家的！」

「亞德是我的！」

兩人喊著這幾句話，再度展開劇烈的攻勢。

……我已經難為情得看不下去。

『這是一場爭奪同一個男生的女性爭奪戰！這場比賽！以及這戀情，到底會有什麼樣的發展呢？』

不要搧風點火。算我求你，別再搧風點火了

周圍的觀眾也一樣，不要看我，專心看你們的比賽。

……啊啊真是的，這比賽可不可以趕快結束啊。

或許是我的這個心願上達了天聽，分出勝敗的時刻，唐突地來臨了。

「啊……！」

劇烈的戰鬥中，地上被打出幾個洞。

伊莉娜被洞絆了一下……嚴重失去平衡。

吉妮當然不會錯過這絕佳的機會。

「亞德！由我們收下了！」

吉妮喊著這句話，舉劍跨步上前。

接著——劍朝伊莉娜的頭頂劈下。

這下當頭直劈是躲不開了。就在包括我在內的所有人都確信勝敗會就此決定的瞬間。

「我才不會！」

伊莉娜呼喊著……特意讓身體更加失去平衡。

她整個人往旁倒下，順勢……

「把亞德！交給任何人啊啊啊啊啊啊啊啊啊啊啊啊啊！」

在嘶吼聲中，將手上緊握的劍，朝吉妮的咽喉扔了過去。

這超近距離的投擲，看來是出乎吉妮意料。

她的動搖顯現在劍的軌道上。劍刃劃出的半圓形軌道，失去了幾分犀利——

兩者的攻擊，同時命中了目標。

吉妮的劍劈中伊莉娜的頭部，伊莉娜的劍刺中吉妮的咽喉。

而贏得這場對決的是——

「我……才……不會……輸……」

沙啞的聲音，說到這裡就結束了。

吉妮失去意識，倒地不起。

相較之下，伊莉娜則幾乎無傷。儘管頭上挨了一劍，但由於這一劍是在倒地過程中揮出，威力減損了大半。

因此，雖然兩者都倒在地上。

但伊莉娜儘管搖搖晃晃，卻還是立刻站起。

相較之下，吉妮則仍然倒在地上。因此……

『吉、吉妮選手！失去戰鬥能力！贏得這場比賽的，是英雄男爵的千金小姐！伊莉娜・利茲・德・歐爾海德啊啊啊啊啊啊啊啊啊啊啊啊啊啊啊啊啊啊！』

勝敗已分。

聽到這句宣告，伊莉娜仍然發呆了好一會兒，喘著大氣。然而……

「太……棒啦啊啊啊啊啊啊啊啊啊啊啊啊啊啊啊啊啊啊啊！」

她露出滿面花開般的笑容，開開心心地蹦蹦跳跳。

這模樣非常令人莞爾……儘管打輸的吉妮很可憐，但我由衷祝福伊莉娜的勝利。

「嗚、嗚嗚嗚……」

宣告判定之後，過了好一會兒，吉妮似乎醒了過來。

不知道是脖子會痛，還是懊惱敗戰，只見她皺著眉頭，坐起上半身。伊莉娜以不高興的表情，對這樣的她伸出手……拉起了吉妮整個身體。

之後，她們各自以不高興的表情，肯定對方的表現。

……果然她們兩個都是很了不起的少女，都有著良好的人格。

能夠當她們的老師，讓我由衷覺得自豪——

「這樣一來！就完全決定誰才該待在亞德身邊了吧！」

「……啥？說什麼鬼話？只不過贏了劍術比賽，哪可能用這種事情決定？妳白痴嗎？」

「……啥？」

伊莉娜臉上冒出青筋，接著……

「妳說誰～～～是笨蛋啦！妳這個不知羞恥的魅魔族啊啊啊啊啊啊！」

「我就是不知羞恥！總比只有身體長大精神卻是個小孩的女人要好——————！」

兩人展開一陣扭打。工作人員想拉開她們，但每次都被彈開，鬧得不可收拾。

……該怎麼說……

我心想，有活力很好。

……………

……

第三場比賽結束後，經過四場對決，劍王武鬥會會內賽的第一輪宣告結束。接下來的第二輪比賽，說是要在兩小時左右的休息時間過後，再開始進行。

這休息時間中，選手可以自由活動，所以……我和晉級的伊莉娜、席爾菲，以及以些微之差落敗的吉妮，一起走向餐飲店。

「那麼，雖然總覺得早了點……但我們還是來慶祝伊莉娜同學和席爾菲同學的勝利吧。兩位，妳們表現非常好。」

「哼哼~！還好啦，這對我沒什麼——」

「別得意忘形了，也不想想妳只是運氣好打贏。」

「……啥？」

「……啊？」

伊莉娜與吉妮之間激盪出火花。

我拚命安撫她們兩人之餘……

朝席爾菲看了一眼。

她的情形果然不對勁。對伊莉娜的勝利也不表示高興，默默喝著水。

強烈的突兀感在心中澱積。

結果這時——席爾菲盯著我看，開了口：

「我說啊，亞德。我……一定會在這場大賽裡拿到冠軍。然後……等大賽結束，我想請你到『劍王樹』前面一趟。因為我有話要跟你說。」

她的眼神中透出堅定的意志，不容我拒絕。

被她這麼一說，我也只能乖乖點頭。

「……Goodluck。」

吉妮拍拍我的肩膀，豎起大拇指。

「唔唔唔唔唔……」

伊莉娜則似乎不知如何是好。咬牙切齒，目光一直在我和席爾菲臉上來來去去。

……席爾菲啊。真的，是這麼回事嗎？

如果真是這樣，我……

…………

……

度過了充滿苦惱與掙扎的午休時間後，劍王武鬥會再度開始。

第二輪、第三輪的比賽一路進行下去，鬥士的人數也逐漸減少。

最後，終於……

用來決定今年霸王的比賽，也就是決賽，就要開打。

對戰組合是——

伊莉娜ＶＳ席爾菲。

『如果要用一句話來形容本屆的劍王武鬥會，那就是——意外。相信本屆精華盡在這句話當中。奧莉維亞大人參戰、冠軍候補在預賽就敗退、諸多黑馬的崛起等等，今年的劍王武鬥會，就是有這許許多多令人意想不到的發展。接著——讓我們看看踏上決賽舞台的面孔！這也同樣是出人意表到了極點！』

主播帶動觀眾的熱度，伊莉娜與席爾菲在舞台正中央對峙。

看樣子伊莉娜好幾次對席爾菲說話……但她沒有反應。

伊莉娜似乎從中看出了席爾菲的認真，閉口後以正經的表情瞪著她。接著兩者默不作聲，只有時間流動——

『好了！最最最最最受矚目的一戰！劍王武鬥會決賽！開———』

始——

這個字尚未從主播口中說出。

席爾菲的身影消失了。

那是超水準的跨步所造成的。

席爾菲的起步就是這麼快，即使看在我眼裡，也是當場消失。

這樣的動作，不是現在的伊莉娜所能看清——

「嘎……！」

她的頸子被重重一擊，悶哼一聲。

伊莉娜往後倒下。

昏倒。伊莉娜躺成大字形，一根手指都動不了的模樣，讓我腦海中浮現出一句話。

那就是——勝敗已分。

從比賽開始，不到一秒就結束的瞬殺劇，讓全場一片寂靜。

『咦……？比、比賽……結束……？』

本來應該帶動觀眾氣氛的主播，也只說得出一頭霧水的反應。

於是——

整個校慶最重大的慶典，就在這冷清的氣氛下，迎來了尾聲。

……席爾菲在會場中央低頭看著伊莉娜。而我雙手抱胸，看著她這模樣……

我做出了覺悟。

席爾菲啊。如果妳是認真的，那我也會認真回應。

就做出傷害妳的覺悟吧。

我不會再逃避。我要揭露真相。即使——

會因此被妳殺死，我也不後悔。

第三十五話　前「魔王」驚愕

『本校的校慶已經全部結束。接下來我們將舉辦慣例的精靈慶（Spirit Festival）。還請各位待在原地，欣賞精靈們令人目不暇給的舞蹈吧。』

劍王武鬥會結束後。

等競技場內的人散得差不多，就聽到這麼一段校內廣播。

「不知道今年會有什麼樣的編排呢。」

「終究超越不了去年吧～那次太厲害了。」

主節目劍王武鬥會結束後，校內仍有許多外賓與學生，望著暗色的天頂等候。

眾人都等著迎接校慶的最終章，我則走向「劍王樹」。

為的是遵守我和席爾菲的約定。

……我腳步沉重。一想到接下來會有什麼情形，腳步就是會變得笨重。

想來席爾菲多半已經在那兒等我。

雖然對她過意不去，但我想讓她再等一會兒。

「……真是的，為什麼會搞成這樣。」

我嘆了一口氣，仰望天空。

要把一切都怪罪到別人身上，是很容易。然而……

下手的人是我。

這個問題的責任，全在我身上。所以——

「不管有什麼樣的結果，也只能接受。」

我懷抱著緊張與不安，一路往前走。

與目的地的距離確實地漸漸縮短……最後，我終於去到了那兒。

「劍王樹」堂堂佇立在夜色中的威儀，有著一種神祕感。

這大樹周圍沒有人在……

只有席爾菲一個人，獨自站在樹木前。

將大會冠軍獎品的聖劍複製品……就是仿造莉迪亞以前所用的那把劍，捧在懷裡。

這光景總讓我胸口隱隱作痛。同時……

也覺得因果終有循環，讓我做出了覺悟。

……我懷抱著這種悲壯的想法，卻感覺到背後有人。

「她為什麼拿著聖劍的複製品？」

「想也知道是要亞德誇獎她吧？妳連這個都不懂嗎？」

是伊莉娜與吉妮。她們兩個鬼鬼祟祟地躲著，我正煩惱著該拿她們怎麼辦才好，結果這時……

「我說啊，亞德·梅堤歐爾。這一個月來，我一直看著你。」

席爾菲以平靜的聲調，露出柔和的微笑，開口說話。

「你不管什麼時候都很和善，很靠得住……總是幫我收拾善後，一句怨言也不說。」

送出來的話語，全都是讚美的意思。

「啊啊，這完全是在表白啊。錯不了。重點是亞德會怎麼回答呢～」

「……我、我去阻止她！」

「咦！等、等等！不可以去打擾人家啦！」

「放～開～我～啦～～～～～！」

對於在後頭嚷嚷的她們兩個，我和席爾菲都決定置之不理。

「我說啊，亞德。我呢——」

都說到這裡，就連對戀愛不拿手的我也懂。

席爾菲正要說出她對我抱持的好感。

「我對你——」

我不能讓她把話說出來。

「席爾菲，妳聽我說，我……」

把一切都告訴她，會引發什麼樣的事態呢？

我理解這一切，仍付諸實行。

然而——席爾菲卻打斷我要說的話，繼續說話。

她以平靜的表情說出來的話，實在太……

實在太超出我意料。

「我——想殺你，想得不得了。」

我覺得莫名其妙，只能茫然站在原地。

相對的，席爾菲露出的微笑中，蘊含了殺意與瘋狂——

剎那間——

她手中的聖劍複製品，開始發出淡淡的光芒。

隨著這陣光芒亮起。

她背後的大樹，發出白銀色的靈氣。

「這是……！」

大樹發出的白銀光芒，讓我覺得有著幾分懷念……

胸口猛地一跳。

不是心臟的反應。這是……宿於體內的莉迪亞的靈魂在呼應。

「『我』『在此』『宣告』『解除封印』。」

就在席爾菲口中發出詠唱之後。

聖劍的複製品與「劍王樹」，完全在同時化為無數光的粒子散開。

大量的光點就像一整個群體似的流動，隨後匯集在席爾菲眼前。

接著——

形成一把大劍，化為實體。

「什……麼……！」

一看到這把飄在空中的劍，我瞪大了眼睛。

心臟的跳動迅速加快，冷汗直冒。

伴隨著……心臟怦通、怦通、怦通地跳動。

宿在我體內的莉迪亞之魂產生呼應。這麼強烈的反應，還是第一次。

原因想必就是飄在席爾菲眼前的那把劍。

刻有複雜蒼穹色花紋的白銀劍身，沒有過度裝飾的粗獷輪廓。

這把劍是——

「聖劍瓦爾特．加利衮拉斯。以往『勇者』莉迪亞愛用的神造兵器。」

席爾菲一邊以不帶起伏的聲調喃喃說著，一邊握住了劍柄。

「封印在『劍王樹』裡頭的，就是這把劍。所以聖劍的複製品，就是用來解開封印的鑰匙。這把劍會藏在你所待的學校，實在非常有意思，實實在在是所謂的命中注定啊。不管怎麼說，這樣一來，就達成了一個目的。」

這語氣顯然不是出自席爾菲。

她看起來像是受人操縱，然而……

從她全身散發出來的殺意與憎恨，卻像是毫無虛假的真心。

「……迪米斯．阿爾奇斯。」

她發出聲音後，另一把聖劍，被召喚到了她空著的另一隻手上。

有著黃金色劍身的迪米斯．阿爾奇斯。

有著白銀色劍身的瓦爾特．加利衮拉斯。

她握著兩把聖劍的模樣——

令我想起過去的好友「勇者」莉迪亞。

我胸口一陣抽痛……宿在我身上的莉迪亞之魂，和聖劍起了共鳴？

「席爾菲……妳……！」

「打算做什麼」這幾個字尚未出口，她已經用行動，明確地表示出了自己的目的。

「『阿爾斯特拉（閃耀吧魂魄）』．『佛特布利斯（我將化為神聖之光）』……『特內布利克（驅退黑暗）』！」

刻在聖劍瓦爾特．加利裘拉斯劍身上的藍色花紋，呼應這段超古代言語詠唱，開始閃爍。

接著——席爾菲全身籠罩在白銀色的靈氣中。

她彷彿披上一身銀色鎧甲，雙眼暴出殺意的精光，直線跨步衝來。

「我要宰了你，亞德．梅堤歐爾。」

第三十六話　前「魔王」，因果循環

『各位久等了！精靈慶，就要開始！』

伴隨著廣播聲，暗色的天頂閃耀著五色的光源。

紅、藍、綠、金、土——許多精靈發出鮮豔的色彩，在高空中目不暇給地躍動，讓觀眾看得如痴如醉之際。

我和席爾菲則在地面上劇烈衝突。

席爾菲做出直線且情緒化的前衝。

劇烈的衝刺形成暴風，吹動她的一頭紅髮。

彼此間的距離瞬間縮減到零……

「咿咿咿咿咿咿咿咿咿啊啊啊啊啊啊啊啊啊啊啊啊啊啊啊啊！」

席爾菲喊出瘋狂的殺意，揮動雙劍。

一陣有如風暴般的斬擊。這超水準的速度與威力，是來自莉迪亞曾經的愛劍瓦爾特・加利裘拉斯的效力。

她全身圍繞著一層銀色鎧甲般的靈氣，不只會飛躍性地提昇使用者的體能，還會大大提昇劍身的殺傷力。

但相對的……有著一種副作用。

在動用這種效力時，使用者會被瘋狂所控制。

「啊嘎嘎嘎嘎嘎嘎嘎！去死！去死去死去死去死去死！去死啊啊啊啊啊啊啊！」

席爾菲瘋了似的吼叫，不斷揮出斬擊。這些斬擊的軌道都很單純，因此要閃避是輕而易舉。

由於有著這樣的缺點，過去能夠駕馭這聖劍的，就只有莉迪亞一人。除了有著強韌精神力與鋼鐵般信念的她，其他人轉眼間就會被瘋狂所支配，反而導致實力難以發揮。

然而……即使如此，席爾菲的戰鬥能力還是太危險了。

難保不會牽連到躲在附近的伊莉娜與吉妮……而且如果她殺得起勁而使出大招，整個學園肯定會全毀，造成莫大的犧牲。

因此我發動飛行魔法「天行者（Sky Walker）」，轉眼間飛上高空。

「唔嘎啊啊啊啊啊啊啊啊啊啊啊啊啊！」

她以發紅的眼睛看著我，同樣發動飛行魔法，朝我展開衝鋒。

我們就以暗色的天頂為舞台，繼續戰鬥。

天上有著五色精靈展開夢幻的舞蹈……

我們等於是闖進了這舞蹈之中。

我們彼此在夜空中縱橫馳騁……我尋找著搶下瓦爾特．加利亵拉斯的機會。只要收走那把劍，她的瘋狂也將跟著消失。

之後再解開席爾菲身上被人施加的魔法……多半是洗腦類的法術。若非如此，根本無法好好談話。

……只是話說回來。

即使將她恢復原狀，結果大概也不會有任何改變。

我一邊和席爾菲一起飛馳在夜色所覆蓋的天空中，一邊忿忿地說道：

「啊啊，真是的……！為什麼會弄成這樣……！」

◇◆◇

夜幕低垂的天空中，不斷劃過一道道色彩鮮豔的流線。

由掌管五大屬性的精靈們所展開的這片如夢似幻的光景，正是精靈慶的賣點，然而……

「起初我還以為只是去年的劣化複製版。」

「真不愧是國立學校～沒想到不只是五大屬性，竟然還用上了禁忌二屬性。」

所謂禁忌二屬性，指的是光與暗的屬性。兩者威力都很強大，但由於難以控制，一般是禁止使用的。而且掌管這些屬性的精靈脾氣也比較暴躁，不是人類所能控制。

因此，原則上是禁止召喚禁忌二屬性的精靈，只是……

「哎呀，今年好猛啊……看，那是，由光與暗的精靈展開的……演武？」

「感覺像是真正的廝殺啊。」

「不，嚴格說來，看起來比較像是光的精靈單方面地壓制暗精靈？」

民眾們發出一片喧嚷的聲浪。

他們所見到的光景，正是令人一輩子也忘不了的激戰。

光精靈與暗精靈，畫出白黑兩色的軌跡……

光精靈釋放出莫大的能量洪流。

暗精靈以屏障抵銷洪流，並發出紅色的熱線回敬。

這些流線搭配上掌管其他五大屬性的精靈舞蹈，相信今年精靈慶的壯麗景象將足以名留史冊……

曾這樣想的，只有完全不知情的一般外賓與學生。

看在知道情形的伊莉娜與吉妮眼裡，現狀未免太令人膽戰心驚。

「到、到底變成什麼情形了……！」

「『劍王樹消失』，跑出一把劍……席爾菲小姐突然……」

她們不知道為什麼會變成這種情形。然而，可以確定的是……進行那場演武的，不是暗與光的精靈，而是亞德與席爾菲。

……兩人茫然看著眼前的狀況好一會兒，然而……

「伊莉娜！吉妮！」

聽到耳熟的嗓音……校長葛德的聲音，她們將視線轉了過去。

「可以請妳們告訴我，發生什麼情形了嗎？」

他表情雖然冷靜，額頭卻冒出冷汗。

伊莉娜她們毫無隱瞞，將所見所聞全都說了出來。

葛德聽完後，露出苦澀的表情。

「真沒想到……席爾菲竟然是叛徒……」

聽到這句低語的瞬間，伊莉娜心中有個東西爆發了。

「席爾菲才不是叛徒！」

她的吼聲，讓葛德吃驚地瞪大眼睛。

伊莉娜的發言也是發自下意識，所以自己都被自己嚇了一跳。她瞠目結舌，但表情立刻轉為黯淡，低頭說：

「……對不起。可是，她不是壞人。這一定是有什麼苦衷。」

伊莉娜緊緊握住拳頭，然後抬起低垂的頭，瞪向天空。

她覺得不甘心。

對於老是讓亞德照顧席爾菲的狀況，她覺得不甘心。

她無法原諒自己的無力。

「……總之，暫時就先交給亞德處理。如果萬一——不，是億中無一，但如果亞德真的平息不了狀況……」

一想像起最壞的情形，三人都臉色鐵青。

「……還是先安排一些措施吧。讓一般來賓和學生避難……大概沒有多少意義吧。如果對手的實力足以擊退亞德，那麼不管去到這王都的哪兒，都不會安全。如果……如果能有什麼辦法就好了……」

葛德面色嚴肅，慢慢走遠。

這種彷彿已把席爾菲當成敵人處理為前提的口氣，讓伊莉娜覺得憤慨，然而……

相對的，伊莉娜也明白，她的小妹就是做出了被人這樣判斷也不奇怪的事情。

正因如此……她才由衷覺得悲傷。

「亞德，她就拜託你了，麻煩讓她恢復原狀……可是，如果，你沒能辦到。」

到時候——

「就非得由我來處理不可……！」

◇◆◇

王都迪賽亞斯有著歷史古都的面貌。儘管整體街景漸漸有著微妙的改變，但仍堅定地維持著古代的景觀。

其中又以從這王都成形時就屹立至今的巨大鐘塔，和王宮並列為迪賽亞斯代表性的知名建築物。

高聳入雲的塔頂，比時時刻刻切開時間前進的巨大時鐘更上頭。

就像針一樣尖銳的尖端上，佇立著一個仰望夜空的人物。

他或是她，身穿融入夜色中的漆黑服裝，以形狀獨特的面具遮住臉，以中性的嗓音說出顯得開心的話語。

「嗚呼，這豈不是大好的喜劇嗎？少女拿起過往的師父所用的武器，想為師報仇，而仇敵拚命談竄。這可比校慶裡那些無聊的戲碼要有看頭得多啊。」

面具怪客哼哼笑了幾聲，追憶起至今的每一步過程。

相信看在亞德·梅堤歐爾眼裡，現狀實在是出乎意料到了極點。

想必他也早已察覺到事情有異。

沒錯……就在校慶的第六天，他的班級榮獲最優秀獎的那一晚。

他們開著小小的慶功宴時，席爾菲離席後的事情。

她去上廁所時，假面怪客在她面前現了身。

在走廊上見到時，席爾菲當然表露出了戒心。

「你……為什麼會在這裡……？」

「這算是所謂的非法入侵，不過還請不要放在心上。比起這種事，這世上有著太多更重大的案件。沒錯，比方說……妳至今仍未殺死『魔王』的現實。比起這件事，非法入侵實在微不足道。」

聽到這番話，席爾菲肩膀顫抖，皺起清秀的眉毛。

「你當初說亞德·梅堤歐爾是『魔王』的轉生體，但是我並不這麼認為。他和瓦爾不一樣——」

「唉，真沒辦法。『妳這丫頭』還是一樣蠢啊。」

面具怪客的聲調與態度當中，多了明顯的侮蔑之意。

就在席爾菲對此有所反應之前。

面具怪客一瞬間移動到她身前。

毫不客氣地一把抓住席爾菲纖細的臉……

「他是『魔王』的轉生體。這是無從推翻的真相……但即使吾這麼說，愚蠢得會對仇敵動心的笨蛋，也聽不進吾的話。因此……」

這一瞬間，席爾菲感覺到那面具遮住的臉，扭曲成了笑容。

接著──

「就硬逼妳跳舞吧。」

就在這蘊含邪惡色彩的開心嗓音，送進席爾菲耳朵的同時。

她的視野轉為一片黑暗。

接下來，視野中出現了一片與先前完全不一樣的光景。

這幅光景──令席爾菲震驚。

大地荒蕪再荒蕪。

天空被烏雲遮住，雷鳴巨響，不斷往地面灑下黑色的雨。

水滴打上大地，奏出激盪聲響之下──

一名男子，低頭看著一名女子。

男子身穿以黑與紅為基調的莊嚴裝束。

悲哀地讓有著絕世美貌的臉孔扭曲的他，無疑就是——「魔王」瓦爾瓦德斯。

倒在他腳下的女子。

這名一頭美麗銀髮被泥水弄髒，以絕望的表情流下血淚的女子。

對席爾菲而言，是這世上最愛的人。

是師父、是姊姊……是個無異於母親，比自己性命更重要的人。

是「勇者」莉迪亞。

她的眼睛漸漸失去生氣——

同時莫大的魔力化為血紅色的洪流，漸漸濃縮到「魔王」的手掌上。

接著……

「……別了，我的好友。」

他從顫抖的嘴唇，吐出這句充滿悲壯感的話，緊接著……

他毫不猶豫，將攻擊魔法灌進倒地的莉迪亞身上。

整片視野被紅色的波動淹沒——

就在這時，視野中所見的光景，恢復到先前的景象。

昏暗的學生宿舍走廊上，席爾菲流著眼淚。

不由自主溢出的嗚咽聲。

心中滿是疑惑，什麼都沒辦法想。

面具怪客將手從她頭上一拿開，席爾菲就無力地雙膝一軟，坐倒在地。面具怪客哼哼笑了幾聲，低頭看著她這模樣。

「吾讓妳看的，是幾千年前發生的現實。」

這個人口中所說的話……

「那『魔王』陛下啊，親手殺了對他而言的好友，對妳而言的恩師。也就是說——」

對席爾菲而言，那是殘酷無比的現實。

「這世上，再也沒有任何人要妳。『勇者』莉迪亞從這個世界消失……如今她已經成了虛構的人物，就只是被人們傳頌下去。」

無法理解。不想理解。

席爾菲流著滂沱的淚水，想逃開現實。然而，面具怪客不容她這麼做。

這個人再度一把抓住席爾菲的頭。

「殺了妳的仇敵。殺了『魔王』。除此之外，妳別無其他存在意義啊，動盪的勇者。」

這一瞬間，席爾菲感覺有別人混進了自己的意識之中。

之後就只是意識茫然持續……

在這個時間點上，她已經成了半個傀儡。

「好，這樣應該就完工了吧。那麼妳就回到大家身邊，享受平靜的生活吧。席爾菲・美爾海芬。」

「……嗯。」

眼神失去光芒的席爾菲點了點頭，靜靜地走遠。

……腦子裡仍然迴響著那些過往的光景。

面具怪客將目光望向現在的景象。

兩者在夜色的天頂劃出鋸齒狀的劇烈軌道。

這裡實實在在是特等席。

「絕景呀絕景。兩位演員，還請用最棒的喜劇讓吾開心啊。接下來，連吾也猜不出這齣戲會怎麼收尾。所以才有趣。然而……」

面具底下的臉孔，扭曲成邪惡的笑容。

接著面具怪客攤開雙手，跳舞似的轉著圈，開口說道：

「已定的結局不會改變。小丑會扮演小丑到最後，這個故事會以喜劇收場。啊啊，吾很期待那一刻。非常非常期待。」

◇◆◇

「啊啊啊啊啊啊啊啊啊啊啊啊啊啊！啊啊啊啊啊啊啊啊啊啊啊啊啊啊啊啊！」

席爾菲的嘶吼在夜空中不停迴盪。她發了瘋似的，發出尖叫似的叫聲，仍然反覆進行單調的行動。

她撕開空氣，朝四周釋放出衝擊波，在天空橫衝直撞。

她一接近我，就像小孩子打架一樣，粗暴地揮動雙劍。

閃避本身仍然簡單……只是簡單歸簡單。

換做是全盛期也還罷了，憑我現在的身體，應付起聖劍的二刀流，完全沒有餘力。

而且——

（嗚……！莉迪亞……！妳過去的愛劍，是如此……！）

她宿在我體內的靈魂掙扎著呼應，讓我無法專心在戰鬥上。

因此，我到現在還製造不出從席爾菲手上搶下聖劍的機會。

……發動專有魔法這個選擇，一瞬間在腦海中掠過。

這肯定是最有效的方法。然而……

我無論如何就是會遲疑。

我的專有魔法，是和莉迪亞融合。這也就等於是和莉迪亞聯手對付席爾菲。

奪走她所愛之人的我，和這個已經與傀儡沒有兩樣的人，一起攻擊席爾菲……這難道不會太罪孽深重嗎？

這樣的想法帶來遲疑。所以，我掙扎著想要只靠自己的話，製造她的破綻。

「席爾菲，住手！妳的這種力量！這把聖劍！不應該這樣用！現在的妳，等於在辜負莉迪亞的心意——」

「啊啊啊啊啊啊啊啊啊啊啊啊啊啊啊啊啊啊！輪不到你！姊姊怎樣都輪不到你來說啊啊啊啊啊啊啊啊啊啊啊啊啊啊啊啊啊啊啊啊！」

席爾菲對我說的話，表示出強烈的反應。

她稚氣的美貌皺成一團，流著血淚。

像在詛咒我似的吐出話語。

「你這傢伙！你這傢伙！你這傢伙！」

那實實在在……

「都是因為！你殺了姊姊！才會變成這樣啊啊啊啊啊啊啊啊啊啊啊啊啊啊啊啊啊！」

等於逼我面對自己的罪。

所以，我豈止未能製造對方的動搖。

反而因為席爾菲所說的話而動搖，露出了破綻。

「去～～～～～～死啊啊啊啊啊啊啊啊啊啊啊啊啊啊啊啊啊啊！」

「嗚……！」

雖然只是短短一瞬間，這個破綻卻很致命。

我躲不開同時揮下的雙劍——

自己的軀幹被呈X字劈開，大量的鮮血灑在夜空中。

最後看到這幅景象……

我的意識就落入黑暗之中。

◇◆◇

亞德・梅堤歐爾，被兩把聖劍砍個正著，劃出一道拋物線，墜落在夜晚的市街中。

「…………死了。死了死了死了。」

收割走生命的感覺，從雙手指尖傳到全身。

然而，即使如此——

「姊姊，不會回來了。哪兒，都找不到她了……」

胸口撕裂般的悲傷，化為眼淚溢出。

「嗚啊啊啊啊啊啊啊啊啊啊啊啊啊啊啊啊啊！啊啊啊啊啊啊啊啊啊啊啊啊啊啊！」

喪失感帶來慟哭。有好一會兒，席爾菲就像野獸似的哭喊不已。

然而……隨著時間經過，悲傷也漸漸轉變為別的情緒。

是仇恨。

即使殺死了仇敵，憎恨仍在心中翻騰……

「……不可原諒。」

席爾菲下意識地喃喃說著，下到市區的大街上。

「咦……！光、光精靈，下來了……？」

「不，說起來……是精靈嗎……？」

這些交頭接耳的人們——

讓她覺得好恨好恨。

自己明明這麼悲傷、這麼難過。

這些傢伙為什麼卻一臉若無其事地在過日子？

莉迪亞都已經不在了。這個世界明明已經少了莉迪亞。

為什麼，這些傢伙一個個都活得這麼平靜？

……這種世界，怎麼不乾脆消失。

「沒錯。就是說啊，少了姊姊的世界，存在下去也沒用。」

聖劍瓦爾特・加利裘拉斯所帶來的瘋狂，以及面具怪客植入的精神束縛，帶給她不合邏輯的怨念。

於是席爾菲舉起兩把聖劍。

為的是拿這把以前為了人們而揮動的劍，殺戮眼中所見的人們。

「『維爾（邪惡之輩）』・『史特納（在我一刀之下）』──」

為了發動迪米斯・阿爾奇斯的大招，她以古代言語進行詠唱。這一擊多半會讓上萬人犧牲，而她就是毫不猶豫地準備施展。

就在她即將出招之際──

「妳在搞什麼鬼啊！」

她臉頰傳來一陣衝擊，下一瞬間，全身飛上了天。

詠唱遭到中斷，迪米斯・阿爾奇斯沒有任何反應。

校庭正中央，席爾菲劃出一道弧線飛起。她全身重重摔在地上後，仍繼續滾動，撞到建築物牆上才停下。

然後她一邊站起，一邊朝衝擊飛來的地方看過去。

結果站在那兒的是……

「……伊莉娜姊姊。」

伊莉娜一頭銀髮倒豎，憤怒地雙手抱胸直立——

是她在這個世界認識的大姊頭。

◇◆◇

伊莉娜．利茲．德．歐爾海德，在動亂中趕到。

看到她的身影，席爾菲雙手抱頭，吐出苦悶的聲音。

「嗚，嘎、嘎嘎嘎嘎……」

簡直像在抗拒些什麼。然而，伊莉娜不確定她現在處於什麼樣的狀態。

總之，自己該做的事情已經確定了。

「你們！趕快離開這裡！不然會死的！」

她朝四周的人們喊話。

大概是伊莉娜的緊迫感傳達給人們，或是對席爾菲的異常感到恐懼。

人們的判斷下得非常迅速。

眾人都當場做鳥獸散。他們的表情有著一定的冷靜，沒有人陷入恐慌。大概是因為就在大約一個月前，才經歷過「魔族」引發的大事件吧。

民眾心中會對危機習慣，對伊莉娜來說是令人高興的失算。

然而──

她還有另一個失算。

「呼……呼……總算追上了……」

「等等！吉妮！妳為什麼跟來啦！我不是叫妳在學校裡等嗎？」

「是啊是啊，我的確聽見了。可是……這種事情我才不做。」

「啥！」

「伊莉娜小姐，我啊，也能戰鬥的……我再也不要像艾爾札德那次，置身事外了。」

吉妮堅決不離開。

「啊啊真是的！妳這頑固女！死了我也不管妳！」

「請不用擔心。我自己能保護自己。」

兩人互相哼了一聲。

伊莉娜看向席爾菲。

「姊姊……姊姊……可是，雖然是姊姊，卻不是，姊姊……」

席爾菲夢囈似的喃喃自語，伊莉娜以堅毅的表情喊話：

「妳喔！到底知不知道自己在做什麼啊！要不是我阻止，妳已經殺了好多人喔！這種事情——」

「啊啊啊啊啊啊啊啊啊啊啊啊啊啊！」

席爾菲大聲嘶吼，撕開伊莉娜的怒吼。

之後她立刻壓低姿勢，做出猛獸般的衝刺。

「嗚……！」

伊莉娜勉強對這狂暴的跨步做出了反應。

閃避……是不可能的。

伊莉娜瞬間做出這樣的判斷，發動才剛學會的高階魔法「鉅級護盾術（Giga Shield）」。

複雜的幾何學紋路——魔法陣顯現出來，遮住她整隻左手。下一瞬間，化為一面黃金色的半透明大盾。

「嘎啊啊啊啊啊啊啊啊啊啊啊！」

就在盾牌形成的同時，席爾菲揮出聖劍迪米斯·阿爾奇斯。

伊莉娜朝著劃出斜劈軌道的這一劍，舉起了盾牌。

衝擊。

席爾菲那超人的力氣，在盾牌上打出了裂痕。

這「鉅級護盾術」，比起「屏障術（Wall）」系統的防禦魔法，有著防禦範圍狹小的弱點。但相對的也有優點，那就是純以防禦力而論，大幅超越「屏障術」。

然而……即使動用如此強韌的防禦魔法，要擋住聖劍的一擊，負擔仍然太大。

「嗚……！」

伊莉娜發出小小的哀號聲。而吉妮大概是關心她——

「伊莉娜小姐！……我再也！不手下留情了，席爾菲小姐！」

吉妮發出蘊含了怒氣的喊聲，對席爾菲施展魔法。

是高階的火屬性攻擊魔法「鉅級熱焰術（Giga Flare）」。

漩渦般的翻騰熾焰朝著席爾菲湧去，看不出有手下留情的跡象。吉妮也很清楚狀況。她很清楚席爾菲．美爾海芬這個少女，搞不好是足以和艾爾札德匹敵的威脅。所以她才卯足全力攻擊。

然而——

「唔嘎！」

席爾菲面對吉妮這使出渾身解數的一擊。

卻只揮出一劍，就輕而易舉地擊破。

「天、天啊……！」

吉妮臉色鐵青。她雙腳開始發抖，臉上蘊含了絕望。

「嚕啊啊啊啊啊啊啊啊啊！」

席爾菲朝著呆立不動的吉妮，揮出聖劍迪米斯·阿爾奇斯。

倒拖的劍風發出巨響而湧來，直線殺來。

劍風化為風的刀刃，劃在吉妮全身……

「呀啊啊！」

她在小小的尖叫聲中，整個人被打得一路飛到遠方，一動也不動。

「吉妮！」

伊莉娜瞪大眼睛，關心地問起她的安危。

「唔嘎啊啊啊啊啊啊啊啊啊啊啊啊！」

席爾菲再度衝鋒。

她一瞬間逼近，甩亂一頭紅髮，揮動聖劍。

「嗚……！」

擋住的一擊，將莫大的衝擊傳向伊莉娜全身。

尤其對於裝備大盾的左手，造成的負擔更是驚人，一劍就將她的臂骨震得粉碎。

換做是一般的婦孺，這樣的劇痛足以讓他們喪失戰意。

但伊莉娜心中的戰意，並未有任何削減。

她用治癒魔法治療傷勢，將魔力灌進大盾來加以修復。

然後——

「妳……這丫頭！」

右拳。伊莉娜握緊了卯足全力施展過身體強化魔法的拳頭，送出一拳回敬。這一拳抓準了攻擊後的破綻，精準地捕捉到席爾菲的鼻梁，擊碎了她美麗的鼻梁。

「唔……啊……！」

席爾菲噴出大量的鼻血，踉蹌地後退。

伊莉娜握緊拳頭踏上一步。

「妳！不是動盪的勇者嗎！」

她以嚴肅的表情呼喊著，朝席爾菲的側臉送上一拳。

臉頰被這拳打個正著，肉與皮膚一歪，灼熱色的頭髮猛然甩動。

「妳！明明是為了保護別人，才一直奮戰到今天的吧！那妳為什麼！在做這種事情！」

她一邊呼喊，一邊接連揮出拳頭。

往臉上，往軀幹。把握緊的鐵拳，毫不留情地打上去。

「嗚……唔……啊啊啊啊啊啊啊啊啊啊啊啊啊啊啊啊啊啊！」

席爾菲發出哀號似的大吼，轉守為攻。

就像先前伊莉娜那樣，毫不遲疑地揮動雙劍。

那是一陣不枉動盪的勇者這個稱號的亂舞。

對於這一波又一波沉重、尖銳、強而有力的斬擊，伊莉娜持續以魔法大盾抵擋。

這負擔非同小可。

「嗚、嗚嗚嗚……！」

她無意識地悶哼出聲。

然而，即使如此。

伊莉娜仍然持續承受席爾菲的亂砍。

對被擊碎的大盾灌進魔力來修復。

對防禦時被衝擊震碎的臂骨，則以治癒魔法治療。

劇痛始終在全身流竄。

恐懼隨時在心中肆虐。

然而，即使如此。

伊莉娜仍不放棄戰鬥。

（這丫頭，席爾菲她，比我，強得多了……！）

（憑現在的我，絕對贏不了。）

（這種事我很清楚……！）

彼此間的實力差距，在劍王武鬥會，她就已經有了再深刻不過的體認。

能夠像現在這樣維持戰鬥狀態，就已經近乎奇蹟。

（可是！就算是這樣！）

伊莉娜咬緊牙關，把力道灌注在裝備著大盾的左手上。

「我不能！逃避啊啊啊啊啊啊啊啊啊啊啊啊啊啊！」

她在嘶吼聲中，以衝撞似的動作挺出大盾。

配合斬擊使出的衝撞，制止了席爾菲的亂舞。

強行挺出的盾牌撞在她身上，撞得她失去平衡。

「唔……喔喔喔喔喔喔喔喔喔喔喔喔！」

伊莉娜發出剽悍的呼喊，轉守為攻。攻守再度翻轉。

但這不是能夠帶來勝利的攻勢。

魔力已經近乎枯竭，以一個「魔導士」而言，可說已經處在渾身是傷的狀態。

繼續打下去，也許就會被陷入瘋狂的席爾菲給殺了。

儘管對這可怕的下場有著預感……伊莉娜仍然絕不退縮。

（這裡，沒有亞德在。）

（所以……得由我，來代替亞德。）

（我要代替亞德，保護大家……！）

坦白說，她很害怕。怕得不得了。

可是，如果在這個時候輸給了恐懼——

（我不管到什麼時候……！都沒辦法站在亞德身邊！）

被艾爾札德綁走而蒙他搭救時，所見識到的他那強大的力量。

以及多半就是這種力量所帶來的，絕對的孤獨。

相信這世上，根本沒有人可以和亞德．梅堤歐爾平起平坐。

正因如此，亞德．梅堤歐爾才會始終都那麼孤獨。

無論得到多少好意，無論如何加深友愛。

既然沒有任何人能夠站在同樣的地方，那就與孤獨無異。

所以，伊莉娜才想去到他身邊。

為的是把這個重要的朋友，從本質上的孤獨中拯救出來。

然而——她的奮戰，不只是為了朋友。

「唔，喔喔喔喔喔喔喔喔喔喔喔喔喔！」

伊莉娜朝席爾菲的臉送上一記強烈的打擊，逼得她後退。

伊莉娜已經處在超越了極限的狀態。

然而……不可思議的是，她不覺得疲勞。甚至還覺得不斷有力量湧出。

（亞德……！我來代替你……！）

（代替你，阻止她……不對，不是這樣。）

（是我。我來……阻止她。）

（不是代替亞德。是我——伊莉娜．利茲．德．歐爾海德。）

（由我，憑自己的意思，阻止席爾菲。）

（因為我……是她的，老姊……！）

對亞德的心意。對席爾菲的心意。

以及對於該守護的人們的心意。

這些心意驅散了伊莉娜的怯懦與恐懼，帶給她不可思議的莫大力量。

這實實在在——是勇氣的力量。

從身體的正中央，最深處，從靈魂——湧出莫大的能量。

就是這股能量在驅動渾身是傷的伊莉娜。

「席爾菲！妳的力量！不是為了保護人們而存在的嗎？妳不管什麼時候，都為了別人而行動！雖然每次每次都給人添麻煩！可是！我明白！我明白妳是個善良的女生！明白妳配得上動盪的勇者這個稱號！」

湧現的能量形成氣勢。

伊莉娜順著這股氣勢的牽引，不斷朝席爾菲進攻。

不知不覺間，左手所裝備的盾牌也消失了，如今她已經沒有任何防禦手段。

但席爾菲的攻擊，卻悉數被伊莉娜的肉體彈開，不起作用。

有種感覺。伊莉娜的體內，有種感覺，一種有東西破殼而出的感覺。

她一邊感受著這種不可思議的感覺，一邊繼續對席爾菲說話。

那是發自靈魂的呼喊。

「妳能夠為了別人拚命！這麼善良的妳！竟然要讓別人不幸，我不許這種事發生！因為，一旦做出這種事……！妳不就會被大家討厭嗎！一直為了大家而戰的妳，迎來這樣的下場！我怎麼可以讓這種事情發生啦啊啊啊啊啊啊啊啊啊啊啊啊啊！」

守護人命。而且，也要守護席爾菲的名譽。

為此——

伊莉娜將灌注渾身力道的右拳，打在了她臉上。

「嗚，啊……！」

席爾菲在小小的哀號中，整張臉往上一翻……全身往後倒下。

伊莉娜喘著大氣，低頭看著坐倒在地的她。

「姊……姊……」

是不是灌注在拳頭上的心意，打進了她困在瘋狂中的心呢？

席爾菲的眼睛，微微恢復了生氣。

成功了。成功阻止了小妹。

安心感與達成感在心中流竄。大概也就是因為這樣，直到先前都感覺到的那股不可思議的力量，也迅速消退……莫大的疲勞感湧上全身。

伊莉娜的身體自然往前一倒，單膝跪地。

這樣一來，她的眼睛剛好落到和席爾菲同樣的高度，兩人相互注視。

「姊……姊……我……」

她幾乎已經完全恢復原狀。

似乎搞不清楚自己先前在做些什麼，露出不解的表情。

伊莉娜為了讓這樣的她安心，跪著往前進，想抱住她嬌小的身軀，然而……

「真是美妙的即興演出啊，這位小姐。可是，再下去就太過火了。」

一股衝擊從旁傳來。

不知不覺間，伊莉娜已經感受到一陣飄浮感。

下一瞬間，她全身陷入建築物的牆上，嘔出鮮血。

「嗚，哈……！」

她口中噴出紅色的體液，整個人摔在地上。

伊莉娜拚命留住漸漸被斷絕的意識，抬起頭來。

模糊的視野中，看見一頭霧水的席爾菲……以及站在她身旁的面具怪客。

「即興帶來的意外，永遠是那麼有趣。從這一點來看，小姐，不得不說妳的表現令人激賞。然而，結局如果不照劇本走，可就令人傷腦筋了啊。」

面具怪客嫌麻煩似的聳聳肩膀，將視線從伊莉娜轉往席爾菲。

「哎呀呀，只是話說回來，妳還真是連三流演員都稱不上啊。竟然會連把分配到的角色最低限度地演完都辦不到。失望與絕望沒有底是吾的信條，但吾可沒想到到了這個年紀，會如此切身體認到這點啊，妳這廢物。」

這個人一邊咒罵，一邊單手抓住席爾菲的頭。

「你……做什……！住……手……！」

伊莉娜拚命想動起身體，但連抬起一根手指都萬分費力。

就像要嘲笑這樣的伊莉娜。

面具怪客發動了某種魔法。

魔法陣籠罩住席爾菲的頭部。接著——

「啊，嘎……啊嘎嘎嘎嘎嘎嘎嘎嘎嘎嘎！」

當魔法陣消失，本來眼看就要恢復原狀的席爾菲，再度被瘋狂所吞沒。

「好了，軌道修正也完成了，差不多該演到劇情最後的人高潮了吧。」

面具怪客喃喃自語，身體轉個不停。

全身慢慢就像融入夜色似的消失……

「啊，嘎嘎嘎嘎嘎嘎，姊姊，姊姊姊姊姊姊姊姊姊——————！」

席爾菲翻起白眼，發瘋似的發出尖銳的叫聲。

她雙手架起兩把聖劍，對伊莉娜發出確切的殺意。

「嘰咿咿咿咿咿咿咿咿咿咿咿咿啊啊啊啊啊啊啊啊啊啊啊啊啊啊！」

她流著血淚的模樣，就像在嘶吼靈魂的悲嘆。

伊莉娜最強烈的反應，並不是對於接下來就要降臨在自己身上的死亡所產生的恐懼，而

是……

對於沒能阻止席爾菲而產生的懊惱，以及席爾菲將走上的不幸末路，流下悲哀的眼淚。

接著，對伊莉娜而言成了死神的席爾菲，提著雙劍跨步衝來。

她逃不了，避不開，也擋不住。

死亡的實感直逼而來。

當這種感受達到極限，伊莉娜的嘴不由自主地張開，說出了那個人的名字。

「亞德……！」

無情的斬擊，眼看就要將她柔軟的身軀一刀兩斷——

就在千鈞一髮之際。

「住手，席爾菲！」

怒吼似的大音量響徹四周，有個黑色的物體遮住了伊莉娜的視野。

剎那間，堅硬的衝撞巨響響起。

結果，出現在伊莉娜眼前的——

是帶著在與艾爾札德決戰時展露過的莫大力量現身的亞德·梅堤歐爾。

◇◆◇

意識沒入黑暗的同時，有東西在我體內動了。

嚐到這種感覺的同時，冰冷的堅硬感觸碰在臉頰上。

……看來我是被打落到了市區的小巷裡。

四周沒有人來人往的跡象。完全沒有人在。

我忍著頭上的鈍痛，坐起上身，檢查自己的軀幹。

被砍出的X字形痕跡還刻在制服上，但身上完全無傷。

「……又被妳救了啊，莉迪亞。」

我對她沉睡在我體內的靈魂，奉上感謝的意念。

自從某件事讓我和莉迪亞的靈魂融合以來，每當我身受重傷，她就會自動為我施加治療。我挨到席爾菲的致命斬擊卻還能活著，就是因為這個理由。

「……我說啊，莉迪亞。妳會否定我現在要做的事嗎？」

我對她沉睡在我體內的靈魂呼喚，但當然全無反應。

我把精神上的疲勞乘著氣息呼出，然後雙腳用力，站起——

發動專有魔法——孤獨國王的故事。

和莉迪亞一起對抗席爾菲，實在太殘忍。然而……

我不能對現在的她置之不理。但很遺憾的，憑現在的我，難以和她對抗。

因此，我打出了王牌。我持續詠唱，無數幾何紋路在四周浮現又消失，等到詠唱完畢的瞬間。

一個身穿漆黑拘束衣的女子，在我面前現身。

她有著一頭亮麗的白銀頭髮，尖尖的耳朵，以及足以照亮夜色的美貌。

我看著這樣的她……看著莉迪亞，小聲說：

「我們的小妹，眼看就要走錯路。為了阻止她，借我力量。」

【…………】

對於我的呼喚，她還是沒有反應。這是當然的。這個莉迪亞說起來就像是個殘骸。只是形貌一樣，自然不可能會有什麼自己的意思。

她就只是個除了執行我的命令以外，什麼都不會的傀儡。

「……以前那時候，妳明明根本不聽我的話，現在卻變成這副德行啊。」

即使我出言挑釁，她仍然眉毛也不動一下。換做是生前，肯定已經滿臉怒容，出拳打我了。

……因為有著對聖劍互相呼應等以前沒有發生過的情形。

我本來還指望，說不定她身上起了些變化。

……我在搞什麼啊？現在明明不是沉浸在感傷裡頭的時候了。

「莉迪亞，階段一。」

【了解。勇魔合身。轉移到第一階段。】

莉迪亞以無機質的聲音說完，她走過來，緊緊抱住我。

下一瞬間，莉迪亞化為暗色的粒子散開……

粒子化為鎖鍊，纏上我的右手。我看到深灰色的鎖鍊所向之處，在我手上形成一把暗色的大劍後，發動偵測魔法「搜尋術(Search)」，掌握席爾菲的所在地——結果就在這時——

我感覺到有莫大的魔力膨脹。

這肯定是席爾菲。

當我想到這裡，雙腳已經開始躍動。

我有不好的預感。得趕快趕往現場才行。

我拿著化為黑劍的莉迪亞，撕裂夜色，在市街上飛奔而過，最後——

大街上，席爾菲甩亂一頭紅髮，朝伊莉娜衝去……這樣的狀況闖進我的視野。

伊莉娜一看就知道渾身是傷，閃不開也擋不住。在這種狀態下，要是被席爾菲用聖劍砍

上一劍……！
「住手，席爾菲！」
焦躁化為叫聲喊出，我全力蹬地而起。
這時機千鈞一髮，萬分驚險，但總算趕上了。我攔在伊莉娜與席爾菲之間，舉起黑劍，擋下了直逼而來的聖劍。
金屬與金屬以超高速碰撞而爆出的巨響。
劇烈的衝擊竄過全身，血、肉、內臟與骨頭都受到震撼。
「妳還好嗎……伊莉娜小姐……」
「嗯、嗯！」
「是……嗎？那太好……」
我正朝背後動彈不得的伊莉娜說話說到一半。
翻起白眼的席爾菲嘴角一歪，咬牙切齒。
「『魔王』！『魔王』『魔王』『魔王』『魔王』『魔王』啊啊啊啊啊啊啊啊啊啊啊！」
莫大的仇恨、殺意與怨念，從她全身迸發出來。
「咿咿咿咿咿咿咿咿呀啊啊啊啊啊啊啊啊啊啊啊！」
席爾菲在怪叫聲中，揮出兩把聖劍。

我往旁跳開，拉開和她與伊莉娜的距離。

在這裡就不會危害到她。我這麼判斷後，對席爾菲的猛攻時而閃躲，時而用黑劍卸開。

「別打了，席爾菲！再這樣下去──」

「嗚嘎啊啊啊啊啊啊啊啊啊！去死啊啊啊啊啊啊啊啊啊啊啊啊啊啊！」

她聽不進去。

……錯不了，這是魔法造成的影響。

多半就是被人施展了洗腦類的魔法吧。既然如此，只要施展解除魔法，就能夠解除洗腦

……理應是這樣。

但我從剛才就一再發動各式各樣的解除魔法，卻沒有任何效果。

這個狀況，有可能的情形是……

比古代更早的超古代所製造出來的寶器、神器所造成的？

又或者，是專有魔法所造成。

……不管是哪一種，情形都糟糕透頂。

若是這兩者之一，就再也沒有任何手段可以讓席爾菲恢復正常。

起初我還以為只要搶走聖劍就行。

即使搶走了聖劍，她的人格多半也不會恢復，而是會繼續沒完沒了地對我展開魔法攻

擊，對四周造成嚴重的災害。因此——

要解決事態……除了殺死她，已經別無他法。

就像那個時候——

就像我親手殺了莉迪亞那個時候。

「嗚嘎啊啊啊啊啊啊啊啊啊啊啊啊啊！」

「嗚……！席爾……菲……！」

她持雙劍攻擊的功力，漸漸變化為平常的水準。

就不知道是對瘋狂慢慢習慣了，還是洗腦造成的效果。

照這樣下去，她多半不會再侷限於像現在這樣的單調亂砍，而是會使出各種魔法與大招。一旦演變成那樣的情形……住在王都的許多人，就會犧牲性命。

為防止這種情形發生……我就只能親手殺了席爾菲。

「……我說啊，席爾菲。妳實在很笨，但絕對不壞。」

我一邊閃躲她的劍光，一邊說話。

那是用來堅定決心的自我催眠。

「不，反而可以說……我從沒看過像妳這麼善良的戰士。妳給我添過各式各樣的麻煩，我也對妳生過無數次的氣……但我對妳還是……」

我咬緊牙關，承受悲愴。

然後——

「席爾菲，我不想讓妳這個動盪的勇者淪為殺戮者。我希望妳以充滿榮譽感的戰士形象，留名在神話當中的英雄形象……永遠留在人們心中。」

所以我——

要殺了妳。

「嘎啊啊啊啊啊啊啊啊啊啊啊啊啊啊啊！」

大動作的縱向直劈。

我配合她這一劈，往旁輕輕一跳。

粗重的斬擊，必然露出破綻。

她另一手聖劍回手格擋，想填補空出的破綻，然而……

在我看來，這個動作慢得致命。

我朝她的脖子刺出劍。

我的這一劍，肯定會先刺中。然後——

就會砍下席爾菲的頭。

……我別無他法。

要保護她的名譽，就只有這個辦法。

劍刃刺中之前的那一瞬間，就像永無止盡般地無限延長。

我的黑劍不斷前進。前進的速度好慢好慢。

但狀況仍然確實在進行。

……距離直擊還剩下五秒。

四、三、二、一——

零。

黑劍的劍尖，抵達了席爾菲又白又細的脖子上。

只要繼續灌注力道，一切就會結束。

我……該這麼做——

『你又要殺？』

這到底是誰在說話呢？

這句話迴盪在我腦海中的瞬間，我……

下意識讓握劍的手指一鬆。

結果，捕捉到席爾菲頸子的劍尖，只劃破她的皮膚——

剎那間——

幾乎同時揮出的聖劍劍身，由下而上，斜斜劈開了我的身體。

迪米斯．阿爾奇斯……還有，瓦爾特．加利袞拉斯……

你們恨我殺了你們的主人嗎？

既然這樣……你們儘管高興吧。

看樣子，我是不行了。

無論如何自我催眠，我就是下不了手殺席爾菲。

我對這個已經與家人無異的對象，下不了手。

「亞德～～～～～～～～～！」

伊莉娜悲壯的呼喊聲中，我的鮮血就在眼前高高濺起。

而在血花的另一頭，席爾菲正準備給我致命一擊。

「算我求妳……席爾菲……要了我的性命，就夠了……」

我祈禱著她把這句話聽進去，閉上了眼睛。

……我沒有遺恨。當然不會有。

這是在清償罪惡。

從與席爾菲重逢後，我就覺悟到這一瞬間的來臨。

她有資格殺我，而我有義務承受她的恨。

所以，我沒有任何遺恨。然而……留下來的人們，令我掛心。

伊莉娜、吉妮、奧莉維亞……以及，我在這個時代建立起友情的許多人。

他們能夠平靜度日嗎？

……尤其對於奧莉維亞，我非得送上謝罪之意不可。

到頭來，一直到最後關頭，我都沒揭曉真相。

就先在地獄裡等她吧。等到我們再見，管他什麼折磨全餐都儘管來。

啊啊，再過不久，席爾菲的劍就會砍下我的頭。

包含前世在內……這個人生相當不壞——

【住……手……席爾……菲……】

即將通往死亡之際的寂靜。

一道沙啞的說話聲，消融在這陣寂靜之中。

從黑劍發出的這個說話聲——無疑是出自莉迪亞。

「姊……姊……？」

席爾菲的動作立刻定住。

揮來的聖劍也在我的脖子上停住，一動也不動。

這一瞬間——

「席～～～爾菲～～～～～～～～～～！」

充滿生命力、強而有力的吼聲，從遠方傳來。

轉頭一看，滿身瘡痍的伊莉娜猛然飛奔過來……

吉妮癱坐在她身後。

想必她儘管受了連站都站不起來的重傷，仍然擠出所有力量，為伊莉娜治療。

「再來，就……交給妳了……伊莉娜小姐……」

伊莉娜在吉妮這小聲說出的話語推動下，直衝而來。

朝席爾菲直衝。

接著——

「妳也差不多！該醒一醒啦！妳這笨蛋啊啊啊啊啊啊啊！」

她吼出這番很有她風格的話，握緊右拳——

讓這完美詮釋何謂渾身解數的一拳，深深陷進席爾菲的臉頰。

「咕啊！」

她發出小小的悶哼，全身劃出一道拋物線。

隨後她嬌小的身軀摔在地上……聖劍從雙手脫落。

倒地不起的席爾菲身上，已經不再有剛才的瘋狂……

「是妳……引發了奇蹟嗎……莉迪亞……」

我看著黑劍，問了一聲。但是，沒有回答。

不管怎麼說，這樣就全都結束——就在這樣的氣氛開始形成的時候。

「哎呀呀，實在是，沒用到這個地步，反而令人覺得痛快啊。」

剛聽見黑暗中有人說話，下一瞬間——

有人顯現在倒地的席爾菲身旁。

這個從夜色中湧現出來的人物，乍看之下，分不出是男是女。

身高以男性來說算是平均，以女性而言則偏高。

有著一頭和背景同色的黑色長髮。

纖細的身軀穿著燕尾服似的服裝……臉被一張奇妙的面具遮住。

這面具怪客大剌剌地走向席爾菲，撿起了掉在地上的兩把聖劍。

「本來應該由妳來解決亞德·梅堤歐爾。結果呢？他到現在還活得好端端的，妳卻倒在了地上。啊啊，妳這個輸家，未免太沒出息啦。」

面具怪客朝倒在地上的席爾菲腹部一踢。

「嗚、嗚……姊……姊……」

她顯得即將失去意識，囈語似的小聲呼喚。

面具怪客就像要嘲笑她，踏住席爾菲的頭。

「不管過了多久都還是滿口姊姊、姊姊，一點長進都沒有啊妳。妳就是這樣，才會連報仇都報不了。妳這不成材的東西，虧我還特地除去妳的枷鎖，甚至給了妳另一把聖劍。這算哪門子動盪的勇者？別逗我笑了。妳只是個還會尿床的小鬼。」

面具怪客用鞋底踏在席爾菲頭上，轉個不停。

我當然不能再坐視不管。

「……垃圾，離她遠一點。」

我睥睨而發的這句話，讓面具怪客把視線轉過來。

「啊啊，就這麼辦吧。只是，要離遠一點的是她。」

這個人哈哈大笑地說出這句話，就一腳踢在席爾菲肚子上。

席爾菲全身重重摔在離了好幾梅利爾的地方，發出呼痛聲。

看到這情形，不只是我，伊莉娜也表露出怒氣。

「……伊莉娜小姐，請妳退開。妳的憤怒由我來背負，由我來轟在這惡徒身上。妳就儘管在一旁看著吧。」

「……知道了。畢竟我不想扯你後腿。」

伊莉娜沒有愚蠢到會任由激情驅使，就這麼衝過去。

而且她也沒有弱到會看不出彼此間的實力差距。

所以——

「連我的份，都要跟他把帳算清楚。」

我對退開的伊莉娜強而有力地點點頭，然後將視線拉回面具怪客身上。

這個人的臉被面具遮住，看不出表情，然而……我覺得是在笑。

「哼哈，說話挺囂張嘛，大英雄的兒子。可是啊，吾就事先斷定，在你發洩出怒氣之前，就會被送進地府喔。沒錯，就被這兩把聖劍給送去。」

面具怪客以得意的聲調，全身轉著圈說話。

「這次的目標就是你，亞德・梅堤歐爾。就如你所知，我們盼望主子復活。既然如此，最短的捷徑，就是綁走伊莉娜小姐。只要拿她當活祭品來執行儀式，幾乎肯定可以讓一尊主子復活。然而……」

「有個非常棘手的妨礙者，讓你們煩得不得了，所以想排除掉，是嗎？」

「正是正是。只要你消失，要綁走伊莉娜小姐也就會變得輕而易舉。因此……就利用了你認識的這丫頭，只是沒想到天不從人願啊。就因為那個沒用的丫頭，連工作都做不好，吾才得親自動手。」

「……聽你的口氣，好像覺得已經贏了啊？」

「是啊。事實上，不就是如此嗎？你被那三流勇者打傷，而且總是耗損了幾成力氣。吾敵不過萬全狀態的你，但如果是現在的你，對上有聖劍的吾……結果就不證自明。」

面具怪客哼笑著，舉起了兩把聖劍。

「好了，那我們開始吧。勸你最好從現在就開始想最後的遺言啊。因為這場打鬥馬上就會分出勝負——」

這話說到一半。

很多事情，的確是已經到了極限。

「受不了，可真是被看扁了。」

我在嘆息聲中——跨步前衝。

我在一瞬間就逼近，而敵方對於這個動作，甚至來不及反應。

我對此嗤之以鼻。

「你以為我（魔王）這樣就會精疲力盡？」

我將右手握住的黑劍，斜向劈去。

「唔喔喔喔喔喔喔喔喔喔！」

到了這個時候，面具怪客才有了反應。

這個人震驚地發出哀號，往後一跳，想避開這一劍，然而……

他的動作慢了零點五秒。

揮下的黑劍劃出半圓。暗色的劍身捕捉到了面具怪客的軀體，留下斜向的切斷痕。

「唔……！」

面具怪客一邊噴出鮮血，一邊往後跳躍，拉開距離。

然後他舉起聖劍瓦爾特．加利袞拉斯。

「『阿爾斯特拉（閃耀吧魂魄）』．『佛——』」

他以超古代言語展開詠唱，然而——

「太慢了。」

已經沒有任何精神動搖的現在，直接詠唱起來，等於是要我去攻擊。

而我當然也就這麼做了。

我再度全力跨步前衝，瞬間拉近距離——

「你配不上這把劍。」

妳也這麼覺得吧，莉迪亞？

我一邊在內心對化為黑劍的她這麼呼喚，一邊揮劍——

斬斷面具怪客的右手。聖劍瓦爾特·加利裘拉斯連著被砍下的手臂，落到了地上，發出鏗啷的鈍重聲響。

「嘖～～～～～～～～！」

面具怪客發出充滿焦躁感的叫聲，也不去治癒被砍斷的右手，往上空跳躍，發動飛行魔法。隨即高高飛上天，靜止不動。

「看我連整個王都！一起轟掉！」

這個人吐出吼聲，舉起聖劍迪米斯·阿爾奇斯，執行詠唱。

「『維爾（邪惡之輩）』·『史特納（在我一刀之下）』·『歐爾——』」

詠唱到一半，迪米斯·阿爾奇斯整把劍都籠罩在耀眼的光芒中——

黃金色劍身迸出電擊，襲向面具怪客。

「咕啊啊啊啊啊啊啊啊啊啊啊！」

面具怪客發出哀號。想必是這劇痛實在太難耐，只見這個人的手放開了迪米斯·阿爾奇斯。

落下的聖劍插在我身前。我一邊握住劍柄……

「聖劍會挑選使用者。看來你沒被迪米斯・阿爾奇斯選上啊。」

簡直是個小丑。

不，和小丑不一樣啊。小丑是負責娛樂別人的。

至於這個人……就只是令人不愉快。

「你看清楚了。聖劍——是這樣用的。」

我拔出插在大地上的迪米斯・阿爾奇斯，朝著還因為劇痛的餘韻而動彈不得的面具怪客擺出架勢——開始了詠唱。

「『維爾（邪惡之輩）』……」

就像要吐出心中翻騰的一股對敵方的怒氣。

「『史特納（在我一刀之下）』……」

雖說元凶是我……但你竟敢這樣傷害席爾菲。

光這點就罪該萬死。那個笨蛋對我來說，老是給我添麻煩，老是讓我不愉快，讓我三天兩頭就嫌她。

但即使如此，她對我來說，就像個不成材的妹妹。

對於這樣的席爾菲，我……絕對不討厭。

而你竟敢傷害她。還踢她、罵她。

你的性命，根本不值得我取。可是——

「『歐爾維迪斯（消失吧）』。」

就在我詠唱完最後一小節的同時，迪米斯・阿爾奇斯的黃金色劍身發出耀眼的光芒。

接著，我將聖劍朝上一揮，準備斬斷從上空俯瞰的敵人。

剎那間——

黃金色的劍身發出強光洪流。

這洪流直衝上天——

「這、這太！太離譜啦啊啊啊啊啊啊啊啊啊啊啊啊！」

將面具怪客連人帶著叫聲一起消滅。

留在天上的只剩夜色。那個愚蠢的敵人身影已經消失無蹤。

……這樣……就結束了嗎？

這次的對手，實在太像個小丑。

因此……我總覺得不對勁。

那類敵人，我前世也曾打倒過幾次，然而……

要把那個面具怪客歸類在其中，我就是覺得不對勁。

正當我不知道如何處理心中這種感情……

「姊……姊……我……」

倒在我身旁的席爾菲，呻吟著說話。

……一切都結束的現在。

我有事情該做。

我要對她坦承自己的真面目，揭曉我奪走莉迪亞的事實……

任她對我要殺要剮。

如果她要我死，就這麼做吧。這個覺悟我已經有了。

我說什麼都不打算求她原諒我。

我繃緊表情，懷著緊張，撿起了掉在地上的聖劍瓦爾特．加利裘拉斯。

因為我想到，如果席爾菲要我「去死」……我希望能以我的好友莉迪亞所用的這把劍，了斷我的性命。

然後，我走向她，正要開口。

怦通一聲，莉迪亞的靈魂呼應聖劍，讓我一陣痠麻……

【妳……這個……笨蛋。】

斷斷續續，沙啞的說話聲，再度從黑劍發出。

「莉迪亞……？」

我震驚地瞪大眼睛，隨即……

這實實在在只能說是奇蹟的光景，就出現在我眼前。

我明明沒下任何命令，黑劍卻化為粒子散開——

這些粒子移動到席爾菲身邊，形成人形。

「姊……姊……！」

莉迪亞身披暗色的拘束衣。她沒有自我，是個就只會聽我命令行事的傀儡，現在——卻像過去那樣動了起來。

【妳……這個……大……笨蛋……】

她單膝跪地，湊過去看著席爾菲的臉。

然後，她強行掙脫右手的拘束，在席爾菲頭上一敲。

【真……的，一點，都……沒變……啊……妳。】

「姊……姊……！我、我……！我……！」

相信想說的話正無限地湧出。席爾菲吞吞吐吐……

但與相愛的人重逢，她卻只能流著眼淚。

莉迪亞摸著她的臉頰，溫和地露出微笑……

【我說啊，席爾……菲……這個，世界……可沒……那麼……一無……是處……啊。】

她以像是開導自己小孩的語氣，繼續說話。

【妳要，好好……活下去……全力，去活……然後……到……時候……】

接著，莉迪亞就像生前那樣。

露出無論什麼時候，都讓我們看到的那個表情。

露出那太陽般耀眼的笑容。

【我們再見啦，席爾菲。】

……奇蹟就在這裡迎來了尾聲。

莉迪亞的身影，再度化為黑色的粒子而消散。

「姊姊……如果，這是姊姊的意思，我……」

席爾菲這麼說完，似乎就放開了勉強留住的意識。

她閉上眼睛，開始打呼。

伊莉娜與吉妮戰戰兢兢地走向她，確定她安全。

我看著這樣的光景，手放上自己胸口。

「笨蛋……是吧。好久沒被妳這麼說啦。」

妳阻止了我，是嗎？

我說啊，莉迪亞。妳……會原諒我嗎？

……不對，不是這樣啊。妳從一開始，就沒恨我。

因為我到現在還沒辦法原諒我自己，妳才會說我是笨蛋吧。

「好好活下去，是吧。」

當然，這句話是對席爾菲說的。

可是……解釋為這句話同時也是對我說的，會是我太任意妄為了嗎？

「莉迪亞……妳還是一樣狡猾啊。因為妳和我不一樣，輕而易舉就拯救了人。」

我本來想讓席爾菲取走我的性命，藉此得到原諒。

想藉此原諒自己。

然而……這想必是錯了。

而莉迪亞就是想告訴我這件事吧。

也許是任意妄為，但我決定這樣解釋。

然後，只要照她所說，好好活下去——

「……我是不是……也能再見到妳呢，莉迪亞？」

第三十七話　前「魔王」與全新的開始

席爾菲引發的事件，被當成「魔族」引發的動亂來處理。

應該說，我和伊莉娜動用自己的人脈，勉強讓高層答應如此處理。

不然，席爾菲就會被當成大惡人。

為了防止這種情形，我們還放風聲說，她其實是可憐的受害者……但我還不知道這些措施會不會開花結果。

至於聖劍瓦爾特·加利裘拉斯……

我決定以模仿原有封印系統的方式，再度封印住這把劍。

那把劍實在太危險。雖然能得到莫大的力量，但代價也很大。

因此，我不打算再讓任何人動用。

……只是，也可能發生萬一的事態。考慮到這一點，我動了點手腳……但我滿心祈禱不要發生這樣的事態。

話說現在——

校慶結束後已經過了好幾天，但學生們似乎尚未擺脫校慶的餘韻，放學後校園裡仍然熱鬧非凡。

在這樣的情形下，我帶著伊莉娜、吉妮，以及……席爾菲，走在回宿舍的路上。

走到一半——

「我、我說，大家……真的，給大家添了很多麻煩。還請大家聽我鄭重道歉。」

難得，真的很難得，席爾菲會講出這麼懂事的話來。

伊莉娜與吉妮投以像是看到珍禽異獸似的目光。

席爾菲直視我。

「那個時候的事情，這個……其實，我幾乎都不記得了。我意識朦朧……可是，我記得，我攻擊過你。」

那是敵方的魔法，以及瓦爾特・加利袞拉斯的副作用造成的吧。

或許就是因為這樣，我＝「魔王」的這個認知，似乎也已經從她心中消失。

……所以「只有」和席爾菲有關的部分，是以對我有利的情形收場。

「不用在意。因為一切都已經結束。」

「但還是……對不起。我……一定是腦子有問題。我竟然覺得你是『魔王』，還動手想殺了你。」

「……如果這是真相呢？」

「咦！」

席爾菲瞪大眼睛，看著我的臉。

……想必我現在一定是問了不必問的問題吧。

我不該問出這種問題。應該別再提起舊事，陶醉在平靜的氣氛裡。

即使我明白這點，但還是無法不問。

「如果我是『魔王』的轉生體……妳會殺我嗎？妳……恨『魔王』嗎？」

席爾菲思索了一會兒。

她沉默不語時，我覺得胃痛……冷汗不由自主地冒出。

而席爾菲得出的答案是——

「……坦白說，我很恨。想殺了他的心情，不會這麼簡單就消失。」

「是嗎？」

說是當然，也確實理所當然。

這種事情，不用問也知道。我在搞什麼啊。

我想得到原諒嗎？可笑。這種事——

「可是啊，雖然想殺了他，但我不會這麼做。雖然恨……但總有一天，我要把這恨意也丟掉。因為，莉迪姊姊絕對不希望這樣。」

這番意外的話，讓我睜大了眼睛。

在我面前，席爾菲雙手在胸前緊緊交握。

「我想姊姊她，即使被殺，一定也不恨他。然後……我想她一定也對留下的人們說過，要大家別恨他。我想……她一定還說，要是不聽她的話，小心到了陰間被她痛揍。」

或許是追憶起莉迪亞，只見席爾菲的一雙大眼睛被淚水沾濕。

她呼出一口氣，搖搖頭，然後看著我說：

「即使你是『魔王』的轉生體，我也什麼都不會做，甚至不問過去發生了什麼事。莉迪姊姊也常說，說要是一一去記住所有仇恨，人生就會變得無趣……我……想變成姊姊那樣。想活得像姊姊那樣。然後……」

席爾菲流著眼淚，柔和地微笑。

「等我能夠再見到姊姊那時，我想由衷和她一起歡笑。所以，我不恨『魔王』。」

我什麼話都說不出來。

言語從腦海中消逝，就連感情，也只剩下那些連我自己都不懂的情緒。

這時席爾菲快活地笑了：

「總之！我要好好享受校園生活！下次的『校外教學』也好令人期待耶，伊莉娜姊姊！」

「對啊！我們卯足全力玩個痛快吧！」

「……不好意思，還有我在呢。妳們不理我嗎？是嗎？是沒關係啦～」

伊莉娜與席爾菲開心地嬉鬧，吉妮則半翻白眼瞪著她們。

看到她們這樣，我也自然而然流露出笑容。

有席爾菲加入的校園生活，讓我覺得對今後非常期待——

轟隆～～～～～～～～！

……就在我正要覺得期待之際——

校舍的一部分爆炸，當場瓦解。

「哇啊啊啊啊啊啊啊啊啊！」

「怎麼？什麼情形！」

就在吼聲與尖叫聲中。

我們自然而然，看向席爾菲。

「……請問妳做了什麼？」

「你、你幹嘛這樣看我！又不一定是我做了什麼！」

「……所以妳是說，這次的事情跟妳無關了？」

「不！那代表有人中了我設的陷阱！」

「……陷阱！在校內設陷阱？」

「正～是！敵人隨時都會混進我們當中！所以我看到任何地方有一點可疑，就瘋狂設陷阱！哼哼！看來馬上就有敵人上鉤了！活該！」

想來她的這些措施，是為了保護伊莉娜及同學們而做的，只是……

怎麼想都覺得找麻煩到了極點。

而這次，被她這種找麻煩的行為影響到的……

「嗚嘎啊啊啊啊啊啊啊啊！席～～～爾菲～～～～～～～～～～～～！席爾菲那個笨蛋在哪裡啊啊啊啊啊啊啊啊啊啊啊啊啊啊啊啊啊啊啊啊！」

是我老姊——奧莉維亞・維爾・懷恩。

校舍內傳出有著滿滿怒氣的大聲嘶吼後，她大概是立刻用了偵測魔法，朝我們暴衝過來，讓大家看到她一身破爛的模樣。

「妳這傢伙啊啊啊啊啊啊啊啊啊啊！竟敢在我的校內祕密薯田裡設陷阱，還真有膽子啊！這次我再也不原諒妳了！我要劈了妳，給我站住啊啊啊啊啊啊啊啊啊啊啊啊啊啊啊啊！」

「啊哇哇啊啊啊啊啊啊啊啊啊啊啊啊啊啊！」

四天王之一對上動盪的勇者，這場危險的捉迷藏就此揭開了序幕。

看到兩人大聲喧鬧的模樣，我嘆著氣，心想——

這丫頭還是趕快去別的地方吧。

然後——

等騷動平息。

我揹著因為恐懼過度而昏過去的席爾菲，和伊莉娜與吉妮，一起走到宿舍前面。

相信這種鬧哄哄的日子，今後也會繼續過下去。實在麻煩。

我想到這裡，露出苦笑——

「那個，亞德，可以借一步說話嗎？」

吉妮朝我說話。

「我有事情想知道……可以問你嗎？」

「好的，只要我答得出來，都請儘管問。」

「……是關於阻止席爾菲小姐那天晚上的事。」

究竟——

她要問的問題……

「和席爾菲小姐說話的那個幻影……是『勇者』，沒錯吧？那到底是怎麼回事？」

這問題問得極為合理，也是我非得想辦法處理不可的……重大的考驗。

「……亞德，你是『魔王』嗎？」

後記

兩個月沒見了。我是下等妙人。

……應該不會有人是從第二集開始看的吧？

如果有，第一集也請多關照。

話說——

季節是夏天，夏天就想到恐怖片。

要推薦恐怖片給別人時，各位會挑什麼樣的作品呢？

要挑有名的作品，大概就是「十三號星期五」、「猛鬼街」、「德州電鋸殺人狂」這幾部吧。至於比較小眾的，「Fungicide」之類的可能也不錯。相信看完這部片，每個人都會因為對劇組的恐懼而直冒冷汗。

然而，我個人最推薦的是別的作品。

名稱就叫做「假面騎士 Amazons」！

這是一部在特攝英雄片這個框架當中，加進了血腥恐怖片成分的另類作品，是「假面騎士Amazon」的重製版，可以讓人充分體驗到恐怖的感覺。而且，裡頭也並不缺乏假面騎士的熱血成分，單純當成娛樂作品來看，完成度應該也很高。

……我啊，就是不惜動用直銷的手段，也想增加這部片的粉絲。

最後請讓我致謝。

首先是責任編輯。悶熱帶來的壓力，經常讓我的心迷失，這些地方也給您添了很多麻煩。我打算今後別吝嗇電費，多開冷氣。

接著，繼第一集後，也繼續提供漂亮插畫的水野早桜老師。您這次也在相當吃緊的日程中，為本作提供美妙的插畫，實是感謝之至。真的非常謝謝您。

最重要的是——

我要對拿起本作的各位讀者，表達無上的感謝。

就讓我祈禱我們還能在第三集見，暫且擱筆。

下等妙人

國家圖書館出版品預行編目資料

史上最強大魔王轉生為村民A. 2, 動盪的勇者 / 下等妙人作 ; 邱鍾仁譯. -- 初版. -- 臺北市 : 臺灣角川, 2020.04

面 ;　公分. -- (Kadokawa fantastic novels)

譯自 : 史上最強の大魔王、村人Aに転生する. 2, 激動の勇者

ISBN 978-957-743-695-5(平裝)

861.57　　109001890

Kadokawa
Fantastic
Novels

史上最強大魔王轉生為村民A 2
動盪的勇者

(原著名：史上最強の大魔王、村人Aに転生する２激動の勇者)

２０２０年４月20日　初版第１刷發行
２０２２年４月18日　初版第２刷發行

作　　者：下等妙人
插　　畫：水野早桜
譯　　者：邱鍾仁

發 行 人：岩崎剛人
總 編 輯：蔡佩芬
編　　輯：黃怡珮
美術設計：宋芳茹
印　　務：李明修（主任）、張加恩（主任）、張凱棋

發 行 所：台灣角川股份有限公司
地　　址：１０４台北市中山區松江路２２３號３樓
電　　話：（02）2515-3000
傳　　真：（02）2515-0033
網　　址：www.kadokawa.com.tw
劃撥帳戶：台灣角川股份有限公司
劃撥帳號：19487412
法律顧問：有澤法律事務所
製　　版：尚騰印刷事業有限公司
ＩＳＢＮ：978-957-743-695-5